I ragazzi del massacro

Giorgio Scerbanenco

論創海外ミステリ
Ronso Kaigai MYSTERY
159

虐殺の少年たち

ジョルジョ・シェルバネンコ

荒瀬ゆみこ◎訳

論創社

I ragazzi del massacro
1968
by Giorgio Scerbanenco

目次

主要登場人物

ドゥーカ・ランベルティ……………元医師、安楽死事件で服役後、警官に転身
カルア警視……………………………ミラノ県警の警視、ランベルティ父子の友人
マスカランティ………………………カルア警視の部下
リヴィア・ウッサロ…………………囮《おとり》捜査で顔を負傷した女性（シリーズ第一作『傷ついた女神』参照）
ロレンツァ……………………………ドゥーカの妹
サラ……………………………………ロレンツァの娘
マティルデ・クレシェンツァーギ…夜間定時制校の女教師
アルベルタ・ロマーニ………………ソーシャルワーカー
エルネスタ・ロマーニ………………アルベルタの妹
マリア（マリゼッラ）・ドメニチ……エットーレ・ドメニチの母親
ファルッジ女史………………………エットーレ・ドメニチの伯母

《夜間定時制アンドレア&マリア・フスターニ校　A教室の生徒たち》

カルレット・アットーゾ（十三歳）……………父親はアル中、結核
カロリーノ・マラッシ（十四歳）……………孤児、盗癖
ベニート・ロッシ（十四歳）……………善良な両親、乱暴者
シルヴァーノ・マルチェッリ（十六歳）……………父親は収監中、母親死亡、遺伝性梅毒
フィオレッロ・グラッシ（十六歳）……………善良な両親、前科なし、真面目な少年
エットーレ・ドメニチ（十七歳）……………母親は売春業、伯母に預けられる、鑑別所に二年
ミケーレ・カステッロ（十七歳）……………善良な両親、鑑別所に二年、サナトリウムに二年
エットーレ・エルジック（十八歳）……………善良な両親、ギャンブル癖
パオリーノ・ボヴァート（十八歳）……………父親はアル中、母親は売春周旋罪にて収監中
フェデリコ・デッランジェレット（十八歳）……………善良な両親、アル中一歩手前、乱暴者
ヴェーロ・ヴェリーニ（二十歳）……………父親は収監中、鑑別所に三年、色情狂

虐殺の少年たち

第一部

ミケーレとアダ・ピレッリの娘である女教師マティルデ・クレシェンツァーギは未婚で、夜間定時制アンドレア&マリア・フスターニ校にて、十三歳から二十歳までの子が混在する学級を教えていた。生徒の大部分は鑑別所送りの経験があるか、父親がアル中、母親が売春に勤しんでいる等の境遇にあり、種々の結核に冒された者や先天性梅毒の者もいた。こんな学級は、北イタリアの中産階級《プチブル》で育ったか弱く感受性の強い女教師ではなく、外国人部隊の上級軍曹にでも任せておくべきだったのに――。

1

「五分前に亡くなりました」

ドゥーカ・ランベルティは、シスターの肩越しに、マスカランティのいかつい顔が曇るのを見たが、何も言わなかった。

「それでも、お会いになりますか?」シスターが訊いた。二人が女教師に事情を聴こうとやってきたのはわかっていたが、死人への尋問というのは無理がある。

「はい」ドゥーカが答えた。

掛け布団は剝がしてあり、哀れな女教師はくたびれた時代遅れの黄色いベビードールを着ていた。顔は苦痛で歪み、右目の下には内出血、変形した額からは、無残にも髪の毛がごっそり引き抜かれ、滑稽なほど不自然な禿ができている。腫れた胸部には応急処置のギプスが巻かれていたが、折れた肋骨の痛みを抑えるためにすぎなかった。骨折は全部とはいえないが無数にあり、どのみち外科医にはいちいち数える暇《いとま》はなかっただろう。

小男の押すいわゆる霊柩担架が、すでに到着していた。ありふれたストレッチャーだが、シーツの代わりにグレーの防水布で覆われている。遺体はこれに載せられたまま冷蔵庫へと運ばれ、検死の許可を待つことになる。担架の脇には制服警官もいて、ドゥーカの姿を認めると、帽子の庇におずおずと手をかけ、挨拶した。まだ若く純朴そうな青年は、警官らしからぬ感極まった声を発した。「死んでしまいました」汗ばんだ両手を背中に回し、片手ずつ放した。この青年が警官になったのはまちがいだったかもしれない。「最後にもう一度、『校長先生！』と叫んで、息絶えました」

ドゥーカは近づいて、犯罪者らがこの哀れな生き物――ミケーレとアダ・ピレッリの娘、マティルデ・クレシェンツァーギ、二十二歳、ミラノ市イタリア通り六番地居住、独身、ヴェネツィア門にある夜間定時制アンドレア＆マリア・フスターニ校に所属、（可能なかぎり）礼儀作法を含む各種学科の教師――が被った身の毛もよだつ損傷を見つめた。細かくちぎれた左手の小指は、バラバラにならないよう、なんとかプラスティックのプレートでつなげてある。全身のあらゆるところが潰れたり折れたりしているため、より深刻な箇所の治療を優先させたのだろう。たとえば、警察から連絡を受けた母親がすぐ病院へ持参したという黄色いベビードールのズロースは、股の付け根あたりがふくらんでいて、分厚い脱脂綿が透けて見える。ほかにもあちこちに湿布が貼ってあり、まるで列車に轢かれたような惨状だ。

「母親はショック状態で、まだ亡くなったことも知りません」後ろにいたシスターが言った。

そう、ほんの数分前に、「校長先生」と叫びながら死んだのだ。戦前には、「統帥《ドゥーチェ》！」とか、「黒シャツを着せてくれ」と叫びながら死んだという話もあったが、もちろん、一般的には「マンマ」と呻いて死ぬ者の方が多かった。この女教師は「校長先生」と、勤務先の上司に哀願しながら逝ったのだ。これも悲しすぎる。

「母親にはいつ話を訊けるでしょう？」ドゥーカは不幸な生き物から目を上げ、できれば二度と視線をもどしたくないと思いながら、シスターに尋ねた。

「先生に伺ってみますが、明日の夕方より前は無理でしょう」

「ありがとうございました」

病院の外に出たドゥーカとマスカランティは、歩道の端で凍てつく霧につつまれ立ち止まった。まるで猿轡をはめられたようで、見えるのは街灯ひとつと、通りの反対側で待つ警察のアルファロメオの青色灯だけ。あとは灰色の闇だ。騒音までがくぐもって聞こえ、窒息しそうだった。

「あのバカ、なんだって反対側に停めるんだ」とマスカランティ。「真ん前で待っていればいいものを。さて、道を渡らなきゃなりませんよ」この霧では、女物のハンカチを振りかざしたって、無事渡れるとはかぎらない。

「一方通行だね」とドゥーカ。

「ああ」マスカランティは苦笑いした。「交通法規を守るのは、われわれ警察の人間だけですよ」

広い通りを注意深く渡っていく。重く濃い霧の中、ときどき時速十キロで走る車のヘッドライトが光った。通りの反対側に着き、アルファロメオの青い点滅が近づくと、マスカランティが言った。

「すみません、先生。何か飲みたいんですが」警官として、人生のあらゆる場面を見てきた男だが、あの女教師の死にざまを見てしまった後では、一杯やらずにはいられないのだろう。たぶん、ただ怒りを爆発させないために。

「わたしもだ」ドゥーカが応じた。

歩道を歩いて角までいくと、纏わりつく冷たい霧の向こうに、青白い軽食堂のネオンサインが見えた。

「寒くありませんか、ランベルティ先生?」

確かに少し寒かった。コートも帽子もマフラーもなく、バリカンで刈った坊主頭で冷たい霧のシャワーを浴びているのだから。だが、あの女教師を見ていなかったらこれほど、いや、寒さなど感じていなかったかもしれない。

「ああ、少し寒いね」軽食堂の扉を開けるマスカランティに言った。「わたしはグラッパを飲もう。きみは?」

「わたしはダブルで」

「グラッパをダブルで二つ」ドゥーカがカウンターの後ろの女の子に言った。その子の痩せた首を見つめていると、物憂げな慣れた手つきで棚からグラッパを探しだし、ボトルをつかんで大きなグラスに注いでくれた。

ちびちび飲み続けながら、腹の出た大男がジュークボックスの前で立ち止まるのを見ていた。やがてボタンを二つ押す。禿げて太った年輩の男が選んだのはカテリーナ・カゼッリ（「ビートの女王」といわれた六〇年代の人気歌手。現在はアンドレア・ボチェッリなどのプロデューサー）の曲。だが、その瞬間、ドゥーカの目には何も映らなくなった。目は開いているのに、同じようにちびちびやっているマスカランティも見えないし、まわりのものは何も目に入らない。ただ、パノラマサイズのスクリーンに、もはや意味もない大量の包帯が巻かれ、古くさい、いや本人にとってはモダンな、黄色いベビードールをまとった女教師の遺体のみが、くっきりと映っていた。

「酷いことを」病院のベッドに横たわる変わり果てた姿、瞼に映しだされる悲しすぎる映像を見つめながら、ひとり呟く。首を振り、グラッパを飲み干した。餓えた鼠でいっぱいの穴蔵に落ちたとしても、あれほど凄まじいことにはならないだろう。「野獣なのか」また首を振り、ようやくジュークボックスの前の太った男とマスカランティが目に入った。「行こう」

霧の中、アルファロメオの青色灯を頼りに歩いた。
「どこへ行きますか」とマスカランティ。
「学校だ」とドゥーカ。

2

ロレート広場から近い夜間定時制アンドレア&マリア・フスターニ校は、中世の館様式で建てられた庭付きの古い二階屋だ。ひと頃、屋敷といえばまだ田園地帯だった市街のはずれに建てることが多かったが、今やここも、十階、十五階、二十階もの高層建築に囲まれている。校舎は通りから奥まったところにあり、小さな広場を形作っていた。霧に紛れてパトカーが一台、ヘッドライトを門に向けているため、夜間定時制アンドレア&マリア・フスターニ校と記された真鍮の表札が光って見える。歩道に腰を下ろした見張りの兵士が四人、コートの襟を耳まで引き上げて眠りこけたカメラマンが一人、それに、たぶん一般人と思われる若者が三、四人いた。見せ物じゃあるまいし、こいつら何だ、野次馬じゃないだろうな。アルファロメオから降りながら、ドゥーカは思った。

カメラマンが目を覚まし、こちらへ駆けてきた。霧の向こうからドゥーカを見つけ、アルファロメオを見てから言った。「署からですか? 何かわかったんですか?」

ドゥーカは答えず、マスカランティがカメラマンの腕をつかんだ。「帰ってください。ここで取材はできませんよ」

「中の写真を撮らせてください、一枚でいいから」カメラマンは必死に訴える。「黒板が卑猥な言葉と猥褻な絵で一杯なんでしょう。どうせ撮影はできやしない。どこの社も掲載してくれませんからね。

だから教壇だけでいいんだ。黒板を背景にね。絵はぼかすし、言葉は読みとれないようにしますから。一枚だけ。お願いしますよ、巡査部長」

マスカランティがカメラマンを追い払っているあいだに、ドゥーカは兵士の案内で校舎に入った。A教室は入口からすぐの一階にある。階段の左には、管理人用のちいさな二部屋があり、夫妻はすでに外に出て待っていた。他の教室のある二階へと続く階段のわきで、疲れはて、悲しみに暮れ、神経をすり減らした老夫婦は、すでに四十八時間も前から、彼らの人生に降って湧いた大惨事に打ちのめされていた。そして、階段の右にはA教室——一般教養——に当てられた大部屋があり、別の兵士が見張っている。

「どうぞ、お部屋にもどってください。あなたがたに、いていただく必要はありません」ドゥーカは管理人の小男と老妻に言った。その間に兵士がドアを開け、ドゥーカはマスカランティとともにA教室へ入った。天井を斜めに横切る二本の蛍光灯が室内を照らしている。何もかも二日前の夜のまま、管理人夫妻によって発見されたときと変わらない。ただ、鑑識によって若干手が加えられている。細長い窓は黒い布で覆われ、細い板で×印に封鎖してあった。これはカメラマンやジャーナリストへの対抗措置である。というのも、教室は一階にあり、窓は中庭と呼ばれる数平方メートルの凍った土地に面していた。中庭に立てば、背の低い者でも教室の中をのぞくことができる。実際には、まず鉄格子、次に窓ガラス、室内には巻き上げ式のよろい戸があるのだが、写真を撮ろうとしたカメラマンが外からガラスを割り、よろい戸を上げようとして取り押さえられたため、同じことが起こらないよう、窓が塞がれたのだ。

「見取り図を」ドゥーカ・ランベルティは黒板の前に立ち止まった。マスカランティは鞄を探ると、見取り図と呼ばれた白い紙切れをすぐに見つけ、手渡した。

ドアから三歩のところに突っ立ったまま、ドゥーカは黒板から目を離し、教室には不似合いな鑑識の痕跡に目を配った。白いペンキで描かれた大小の○印。小さいのはテーブルについたコップの跡ぐらい、大きいのは籐で覆ったワインの大瓶の円周ぐらいだ。それぞれの○の中には二十ほど、いや正確にいうと、紙切れにタイプされたのと同じ㉒までの数字が、書いてあった。つまり、見取り図には、虐殺発覚直後に教室で発見された物体と、その発見場所が示されている。

白い○は至るところにあった。黒板の前の教卓、床、生徒の席となっていた四台の長テーブル、壁――色が白に近いため、○はここだけ、黒いペンキで描かれている。

「タバコをくれないか」ドゥーカは○印から目を離さず、マスカランティの方に手だけ伸ばした。今、見つめているのは⑲だ。

「はい、先生」マスカランティはタバコを渡し、火を点けてくれた。

ドゥーカは見取り図に目を落とし、⑲を見た。⑲のところには「酒瓶」と書いてある。床の④に目を移す。見取り図では④は「金の十字架。おそらく生徒の持ち物」。④は、床にやはり速乾性のペンキで描かれた人の輪郭、そう、女教師マティルデ・クレシェンツァーギの輪郭のそばにあった。

ドゥーカはタバコをくわえたまま吹かし続け、吸い殻が唇に触れそうになると床に捨てた。そうして見取り図の○印を一つずつ確認していく。①は「人体。マティルデ・クレシェンツァーギの輪郭」。⑲は「酒瓶」。

「タバコを」また頼んだ。

教卓の後ろの硬く座り心地の悪い椅子に腰かけ、タバコを吸いながら教室をながめた。椅子が四脚ずつ並んだ長テーブルが四台ある。あの特異な生徒たちが学んでいた机だ。再び見取り図を見て、⑧の「尿」に目を留めた。一人だけでなく、複数の生徒――そう呼べるなら――が部屋の隅で小便をしていた。おかげで、熱い人道主義に貫かれた慎ましくも良心的な学舎《まなびや》は、吐き気を催す畜舎と化していた。

マスカランティにも、戸口に立つ制服警官にも目もくれず、タバコを立て続けに吸った。それから、また見取り図を見る。②「パンティ」。女教師マティルデ・クレシェンツァーギのパンティは、壁のヨーロッパ大地図を吊っている二本の掛け釘の片方に引っかけてあった。

「タバコを」マスカランティからタバコを受けとるとき以外、時間の経つのも忘れていた。今度は、カメラマンやジャーナリストを駆り立てていた黒板――気が滅入るだけのポルノグラフィー――を、詳しく見なければならない。立ち上がり、タバコをくわえたまま黒板の前まで行く。こんなに吸ったことはなかったし、いつもならタバコは指に挟んでいる。ドゥーカとて生身の人間で、感受性も鋭い方だ。怒りや絶望を紛らわそうと吸っていたが、あまり効果はなかった。黒板を見つめる。左の隅に、半分消えかかっているものの、まだしっかり判読できる単語――アイルランド――が残っていた。女教師マティルデ・クレシェンツァーギが書いたものに違いない。アイルランドは、二日前の夜、すなわち虐殺当夜である火曜の授業内容を示していた。火曜の二コマの授業のうち一つは地理だったのだ。生徒たちは、二日前の夜、アイルランドについて学んだ。女教師は、おそらく独立国アイルランドの成り立ちや、北アイルランド地方がイギリスに併合された経緯を、説明したのだろう。

その夜の授業を生徒らがどれだけ理解したかはわからないが、その深夜、アイルランドという字のそばには男根が描かれ、まわりには、それにまつわるありとあらゆる隠語が書き散らされた。いくつかはミラノ方言だが、一人だけ、明らかにローマ出身の子がいたらしく、女性器を表すローマ方言も複数あった。性欲を刺激する部位の名称が網羅され、下手くそな図解が付いていたり、まちがいだらけのスペルで、さまざまな性交渉、特にアブノーマルな行為に駆り立てる文句が綴られていたりする。この病的に乱れた筆跡で埋まった穢らわしく汚らしい黒板の中で、「アイルランド」という邪気のない丁寧な文字だけが、際立って見えた。

⑪「女教師のブラジャー」。黒板の左にある窓の引き手にぶら下がっていた。⑥「スカート」。教室の洋服掛けに、コートやセーターとともに掛かっていた。㉑「片足のストッキング」。机として使われている長テーブル四台のうち二台の間に渡して画鋲で留めてあった。ストッキングを跳び越えて遊んでいたものと思われる。もう片方のストッキングはA教室では発見されなかったため、見取り図にはないが、参照を示す**印があり、「もう片方のストッキングは、生徒の一人であるカロリーノ・マラッシ――故パオロと故ジョヴァンナ・カローナの子、十四歳――のポケットから発見」、と記されていた。これほどむかつく虐殺の場にいるというのに、ドゥーカはカロリーノという名前に思わず笑ってしまった。父母を亡くした孤児のカロリーノは、若き女教師のストッキング――左右どちらだろう？　バートランド・ラッセルによれば、靴の場合と違って、靴下はどちらが右か左かわからないが、それでも選択公理は定まるというが――をポケットに入れていた。たぶん、彼自身がガーターベルト――見取り図⑦の「ガーターベルト」は、長テーブルの引き出しの一つに入っていた。いつか使おうと思った生徒が取っておいたのか――から引きはずし、脱がせたのだろう。そして、拷問にかけられた哀れな女教師の脚から抜いたストッキングも、来《きた》るべき興奮のためポケットにしまったのか。それをした子の名はカロリーノ。

ドゥーカは床の白い◯の間をつま先立ちで歩くようにしながら、一ミリ四方ずつすべてに目を凝らしていき、黒板の後ろで立ち止まった。そこにも別の見苦しい記述がある。タバコを吸い終わるまで、そのまま立ち尽くしていた。

「ランベルティ先生」マスカランティが呼んだ。

暖房が効きすぎた教室内で、その声はキンキン響いた。

「うん？」黒板の後ろで応え、吸い殻を床に投げ捨てた。

「いえ、何でもありません」とマスカランティ。

③黒板の裏にくっつけてあった「女教師マティルデ・クレシェンツァーギの左靴」。何でくっつけたのか？　見取り図に明示されている。左靴はチューインガムでくっつけてあった。つまり、生徒の一人がガムを噛みながら女教師の靴を脱がせ、噛んでいたガムで黒板の裏にくっつけたのだ。

ドゥーカは、マスカランティや制服警官の視線を浴びながら、A教室の中をくまなく歩きまわり、四つのテーブルの引き出し――中身は全部、鑑識が持って行って空っぽ――を一つひとつ開けてみた。それから、小さな◯の前にしゃがみこんだ。白ペンキで書かれた最小の◯は、見取り図の⑱。「スイスフランの五十セント硬貨」。この場所には、スイスフランの小さなコインがあったのだ。いやいやをするように首を振る。といっても、いやと言いたいわけではなく、こんな状況でも自分を保とうとしていただけだ。しゃがみこんだまま、マスカランティに言った。「管理人を」また首を振る。「細君の方だ、夫ではなく」。それから立ち上がり、教壇の方に向かって、今は亡き女教師が休日以外は夜ごと座っていた教卓の椅子に腰かけた。

すぐにマスカランティが管理人の妻の老女を伴い、教卓の前まで連れてきた。年齢には釣り合わない少年のような短髪の女だ。

「椅子をご用意して」ドゥーカが言った。

座った女は小さく、怯え、疲れ果てていた。

「授業は何時に始まるのですか？」

「朝は六時半からです」

「何ですって？　夜間校ではないのですか？」

「そうです」と管理人。「夜には通学できない生徒がいるもんで、六時半から七時半まで一時間だけ授業があるんです。それから、八時には商業やら速記やら簿記やらの生徒が来ます。午後には語学を学ぶ生徒もいるし」

「でも、夜間校ではないのですか？」ドゥーカはタバコを求めてマスカランティに手を伸ばした。

「はい、名称はそうですが、一日中やってます」老女は苛つきながらもきっぱり答えた。

「では、夜は？」とドゥーカ。

「夜は、このA教室だけです」老女は黒板を見ないようにしていたが、あいにく淫らな絵の真ん前に座らされていた。

「この、A教室では何を勉強していたのですか？」

「さあ」老女は、強いミラノ訛りのアクセントで、苦々しく蔑むように言った。「界隈の悪たれに何を勉強させたかったんだか」。この界隈のやっかい者という意味だ。「あのソーシャルワーカーって人たちですよ。知っていなさるでしょう、会計士みたいな黒い革の鞄を下げてうろうろしている女やら男やら。あの人らがロレート広場からランブラーテまでの貧しい家庭をしらみつぶしに訪ねて、子供をビリヤードなんかで遊ばせてないで、夜間校へ行かせなさいって、ここに送りこんでくるんだ。けど、勉強なんてしやしない、女教師を狂わせるだけなんだから」歯を食いしばり、長い息をついてから続ける。「でなけりゃ、殺してしまうか。で、その後、またビリヤードをしに行くのさ。行けば、年上のゴロツキどももいるから、そいつらに会うためにね」

ギャルソンのような髪型をした女は、あけすけにしゃべった。

「A教室の生徒は何時に来るのですか?」ていねいにたずねた。

「七時半です」また長く息をついた。老女の脳裏にはまだ、いや永遠に、女教師マティルデ・クレシェンツァーギの姿が焼きついている。虐殺の直後、真っ先に自分が発見してしまった、黒板の下辺りの床に真っ裸で横たわった姿、青白い蛍光灯の光の下、まっ白な腿の間から血を流している様、そして、全身傷だらけの女教師の呻き声。「けど、いつもそれより前に来ていました」老女は生真面目に説明した。「目的なんかないんです。余分に勉強するためじゃない。勉強なんかする気のある子はいませんよ。ただ、十時半になるのを待って、ろくでもないことをしに行くためなんです。だから、早めにここに来て仲間と合流しては、よからぬことを企んでいた。あたしは二度ほど、あの子らが危ないって、分署に訴えたんですよ。けど、お巡りが来てなんて言ったと思いますか?『おれに任せてくれるなら、全員引っ捕らえて鎖につないでおくがね、法律では教育すべきだってことだからな、あいつらはこの学校にいなきゃならんのだ』ってね。だから、あたしは言ってやったんだ。『だけど、あれは悪党ですよ。顔を見てくださいよ、あいつら笑うように簡単に殺しだってしますよ』ってね。そしたら、こうです。『人を殺したら、牢屋に入れるさ。だが、殺さないうちはここに入れて、勉強させる。法律ではそういう決まりだ』って。で、何が起こったか。あいつらは人殺しをして警察に捕まったけど、かわいそうな先生は死んじゃいましたよ。法律があんな子らを教育しろなんて言うから」

辛い現実だがその通りだった。小姓のような髪型の女は、慎ましい表現ながら、この社会の深刻な問題をズバリ言い当てていた。

「しかし、あれだけのことをしていたのに、何も聞こえなかったのですか?」ドゥーカは社会問題には踏みこまずに訊いた。「酔っぱらって暴れたのですから、大騒ぎだったはずですが」

「そりゃ先生が来るまでは、ときどきあたしか夫が、何かしでかしゃしないかと教室に目を配っていました。ある夜なんか、先生が来るよりずっと前にやって来て、女の子を教室に連れ込もうとしたんですよ。夫が警察に通報したから、女の子は解放されましたけどね。あのことがあってから、校長もA教室を閉めようとされたんですが、ソーシャルワーカーの抗議に遭ってね。学校に行かなければ、あの子らは悪事を働くことになるから、辛抱してやってくれって。で、校長はちょっと気弱な人だから、そのままになったんです」老女は鬱憤にまかせてしゃべった。「二年前にベルガモから来た先生にお会いになるべきでしたよ。ちっさい、ちっさい、まるで修道女のような先生で、修道服みたいな紺色の白い襟のついた服を着ていました。三日しかもたなかったね。三日目の夜には泣いてあたしのとこに駆けこんできたんだから。『校長先生に言ってください。わたしにはもう無理、できません、できないんです』って。校長にもあたしにも、あのクズどもが先生に何をしたかはわかりませんでした。想像はできるけどもね」

ドゥーカは辛抱強く聞いていた。「とても興味深いお話です」。こんな学級は、女性ではなく男性に、生徒を掌握できる外国人部隊の軍曹のような教師に任せればよいと、誰も思いつかなかったのだろうか。想像力の欠如というべきか、あるいは、こういう不愉快かつ困難で低賃金の仕事に身を捧げる男性教師の不足というべきか。その代わり、この分野には多くの女性が従事している。必要に迫られた者だけでなく、亡くなった彼女のように多くが使命感？——いったい何と呼ぶべきか——に燃えて。

「大変参考になります。ただ、わたしが知りたいのは、なぜ物音が聞こえなかったかということです。彼らは正気の沙汰ではなかった、机もひっくり返していた。あなたは教室から近いところにいらしたのですが……」

「何も聞こえやしませんよ。一日中、夜の九時までここの通りを走っている車やらトラムやらトラックやらのことをご存じないから」老女はドゥーカの言葉を遮って、きっぱりと言った。「あたしと夫は、台所では大声を上げないと話もできないことだってあるんです」

ドゥーカはうなずいた。確かに、三メートル先にはトラムやトラックが走っている。そんな校舎の一階にある家では、何も聞こえなかったのだろう。「では、事件が起こったことは、どうしてわかったのですか？」

老女は即答した。「九時過ぎに、観葉植物の鉢植えを取り込むため庭に出ました。昼間は外に出しておくんですが、夜はこの寒さだから家の中に入れるんですよ。夫もいっしょに出ました。重い鉢なんでね。二人で運んで、階段の脇に置いたとき、A教室の明かりが消えていることに気付いたんです。教室のドアの上の小窓からは、暗闇しか見えませんでした」

「明かりが消えていた？」こんなおぞましい場所にいるというのに、ふとサフの小さな顔が浮かんだ。日に日に成長している妹の娘は、ドゥーカに呼びかけるようになっていた。——おいちゃん、おいちゃん、何持ってきてくれたの？　——そうだ、あの娘に何か持っていってやらないと。

「ええ、消えていました。夫は『実習かいな、鼾でもかいとるのか？』って。でも、あたしが言ったんです。『気に入らないねえ。見に行ってこようよ』ってね。で、教室に入って、見たんです」老女はツバを飲みこみ、黒板を見ないよう視線を落とした。

「ありがとうございました」ドゥーカはそう言って老女を帰すと、大小の〇からも黒板からも目をそらし、マスカランティの方を見た。「家へもどろう」すなわち、署へということだ。

3

署に着いた。マスカランティを食事に行かせ、まっすぐオフィス——と呼べるならばだが——に入ると、デスク——これもデスクいうよりは素朴な机というべきか——の上にメモが置いてあった。

「きみの妹から二度電話。すぐかけ直せ。カルア」

番号を回した。「どうした？」妹の声が出るなり訊いた。

「サラに四十度近い熱があるの。アイロンみたいに熱いのよ」ロレンツァが言った。

「喉を見てみるんだ。白い点々か、斑点のようなものがないか？」

「もう見たけど、何もないわ。でも、熱がすごくて。ねえ、すぐ帰ってきて、兄さん。怖くてたまらないの」

机の上の分厚い灰色のバインダーを見つめた。それは夜間定時制アンドレア&マリア・フスター二校のA教室に通う十一人の生徒に対して行われた尋問のコピーで、すべてに目を通さなければならない。「怖がることはないよ、今、リヴィアに赤ん坊用の座薬を持って行かせる。仕事が終わり次第、すぐ帰るから。その間に、冷たい水で絞った布巾を額に載せてやるんだ」

「ええ、なんで帰ってきてくれないの？」妹は半泣き状態だ。

「できるだけ急ぐから。怖がることはないって、ただのインフルエンザだよ」

リヴィアに電話した。「リヴィアかい」彼女はいつも、あの真心のこもった明瞭な声ですばやく対応してくれる。

「まあ、ドゥーカ」

「聞いてくれ。サラにちょっと熱があるんだ。今、わたしはここを動けなくて」

「警察署にいるの？」

「ああ。頼む、きみがロレンツァのところに行ってくれないか。まず、薬局に行ってユニプラスの座薬を買って、一本はすぐに入れてやれ。一時間経っても熱が下がらなければ、もう一本入れるんだ。そうだ、ルミナレッテも買って一錠飲ませて。それから、おしゃぶりを銜えさせて、砂糖なしの水で絶えず湿らせてやってくれ。仕事が終われば、わたしもすぐに行く。もちろん、何かあったら、電話してくれ」

熱のこもった明瞭な声が耳に届いた。「わかった、すぐ行くわ」

「ありがとう」

「たいしたことはないんでしょ？」

「わからない、そうだと思うが。ともかく、早く行っておくれ」

「わかったわ」

ドゥーカは受話器を置くと、立ち上がって窓を開けに行った。部屋が狭いため相対的に窓は大きく、壁のほぼ半分を占めていた。すぐに零下三度の冷たい風が入ってくる。外は、霧以外何も見えないが、冷たい空気が小部屋に染みついた朽木や古い書類の匂い、澱んだ煙を吹き飛ばしてくれた。窓を開け放ったまま机に着くと、背広の襟を立て、分厚いバインダーを広げた。

一枚一枚、順番に読みはじめる。バインダーには虐殺事件を起こした生徒の人数分、十一冊のファイルが挟んであった。各々の少年について、身元などのデータと三、四行の履歴、さらに彼らを診察した医師と精神科医の所見が添えられ、最後に録音テープを書き起こした尋問調書が入っている。測ってみたところ、ひとつのファイルに目を通すのに二十分かかる。それぞれのファイルを数行に要約し、メモに残していくからだ。

三番目のファイルを読み終わったとき、ドアが開き、マスカランティが入ってきた。

「先生、ここは歯が鳴るほど寒いですよ、感じませんか?」

「感じるよ」確かに、歯がガチガチ鳴りそうだ。「閉めてくれていいよ」

マスカランティは窓を閉めた。「先生、お手伝いすることは?」

「ああ、カルア警視のオフィスに行って、ボスはもう帰ったから、肘掛け椅子に座って睡眠をとってくれ。後で呼ぶから」とドゥーカ。「しっかり眠っておいてくれたまえ、その後、やってもらうことがある」

「わかりました、先生」マスカランティはドアのところで言った。「タバコを一本差し上げましょうか?」

「いや」とドゥーカ。「ナツィオナーレを三箱、輸出用ではなく普通のだ。それに安全マッチを二箱」

「三箱……」マスカランティは訝しんだ。ドゥーカはそんなに吸わない。

「そうだよ、わかったかい」ドゥーカは読み続けながら言った。顔だけでなく、手までが寒さで土気色になっている。一時間以上も窓を開け放っていたせいだが、わざとそうしたのだ。とにかく寒く!してておきたかった。「ああ、寝に行く前に、アニス酒を二本見つけてきてくれ」

「先生、こんな時間に、どこへ行けばアニス酒が手に入りますかね」とマスカランティ。アニス酒はシチリア特産の酒で、わずかな専門店しか扱っていない。

「シチリアのアニス酒だ」とドゥーカ。電気スタンドの傘の真下で、強烈な光を受けながら読み続けている。「アンジェリーナにある。この大きな街で一番のシチリア料理店だ。二本だぞ」

「わかりました、先生」マスカランティは半信半疑だったが、従っておいた。

五冊目のファイルに取りかかったとき、電話が鳴った。「先生、お電話です」交換手が回してきた。

「ありがとう」とドゥーカ。受話器からは、妹のロレンツァの声が聞こえてきた。「どうだ?」

「悪いの。熱が下がらないのよ。座薬を二本入れたのに、相変わらず四十度ぐらいあって、額に手ぬぐいを置いたらやっと半度下がっただけ。あたし怖くてたまらない、兄さん、すぐに来て」

妹は苛立っていた。「待って。下痢は?」

「してないわ」

ドゥーカは唇を噛んだ。小児科医ではなかったし、三年の刑務所暮らしを含めてもう五年、医療行為はしていない。とはいえ、一般的な抗生物質を処方することはできた。「行けないんだ、ロレンツァ」苛々して咳きこんだ。もう一度、バインダーの一番下に挟まった大きな写真に目を落とす。虐殺された女教師マティルデ・クレシェンツァーギの発見時のものだ。写真には、実際にはありえない明度があって、現実は過ぎ去っていく曖昧なものだが、写真はそれを具現してしまう。医師であり、病理解剖室には慣れた身でも、この写真ばかりは見たくなかった。「行けないんだ。すまない、ロレンツァ」声が掠れていた。「リヴィアに、レデルミチーナという抗生物質を買ってきてもらって、二十滴与えるんだ。その間に、小児科医を探すから」

「何を買ってきてもらうって」

「レ・デル・ミ・チー・ナ」

「レデルミチーナね」

「今、小児科医を探す。わたしにはよくわからないんだよ。でも、落ち着いて、たいしたことはないはずだから」

「兄さん」妹が遮った。「リヴィアが話したいって」

「ドゥーカ」リヴィアの声が聞こえた。「あなたが来なきゃ。赤ん坊は重症なのよ」不安だけでなく棘を含んだ命令口調だ。リヴィア・ウッサロは遠回しな言い方などしない。従うか、命じるか、どちらかだ。

「リヴィア、どうしても行けないんだ」リヴィアの命令口調に負けないよう、冷たく言い放った。明日の朝十時、予審判事が来るまでに、仕事を片づけなければならなかった。判事が来てしまったら、終わりなのだ。「一時間以内に、わたしより詳しい知り合いの小児科医を行かせるから」

「ごまかさないで、ドゥーカ!」リヴィアは情け容赦なかった。「問題は医者としての能力だけじゃないでしょ。姪っ子は四十度の熱があって、妹は虚脱状態なのに、あなたはここに来て支えてあげることもせず、オフィスにこもって、ろくでもないお役所仕事をしているのよ」例によって、堅苦しい言い方だ。

リヴィアの言うとおり。まさに、ろくでもない仕事だった。そして、支えてやることを拒んだというのも、そのとおり。カント信奉者のリヴィアにはお見通しだった。だが、にべもなく言った。「もういい。一時間もすれば、小児科医が行くから」電話を切った。一瞬、ほっとしたが、すぐにダイヤルを回した。何回か呼び出し音がして、不機嫌な女の声が応えた。「こんな時間におじゃまして申し訳ありません。ランベルティです。ご主人と話したいのですが」

「主人は休んでおります」無愛想な声は、偉い小児科医の妻だ。

「すみません、奥さん。緊急なのです」

「起こしてみましょう」ことさらぶっきらぼうな声。

かなり待ってから、ジャン・ルイージのあくび混じりの声が聞こえてきた。「やあ、ドゥーカ」

「すまない、ジジ。姪っ子が四十度の熱を出していてね。わたしはここ、警察署に釘付けで、動けないんだ。レデルミチーナを飲ませるように言って、ユニプラスの座薬も二本、入れさせたが、熱が下がらないんだよ。お願いだ、頼むから、見に行ってやってくれないか」

もう一度、あくびが聞こえた。「よりによって今夜か。やっと、十時にベッドに入れたと思ったのに」

「申し訳ない。ジジ、でも、お願いだから」

五番目のファイルを読み終わり、六番目も終わりに近づいた頃、マスカランティが入ってきた。腕には酒瓶を二本抱え、片手にはタバコとマッチを持っていた。

「どこに置きましょう?」

「ここのそばの床の上に」と、ドゥーカ。「さあ、寝に行ってくれ。時間が来たら起こすから」

「はい、先生」

次は七番目のファイル、そして八番目、九番目と目を通していく。どのファイルにも、一般の犯罪者同様、該当者の正面と横向きの写真が添付されているが、例によって顔つきは良くない。十番目のファイルを開く前に窓を開け、ファーテベーネフラテッリ通りから滑りこむ濃い霧を吸いこんだ。窓をそのままにして机にもどり、十番目、そして十一番目のファイルを、やはりメモを取りながら読んでしまうと、ようやく仕事の第一段階を終えた。なだれこんでくる寒気に背広の襟を立て、メモを確認しはじめる。生徒が学校に入るには――夜間に限り――呼び鈴を押さなければならず、管理人が門を開けに行くため、誰が入ったかわかる。実際、管理人は、虐殺の夜には十一人の牛徒が入ったと証言していた。ドゥーカのメモには、年齢順に生徒の名前と、各々のデータの主な項目が書きこんであった。

十三歳　カルレット・アットーゾ　父親はアル中、結核
十四歳　カロリーノ・マラッシ　孤児、盗癖
十四歳　ベニート・ロッシ　善良な両親、乱暴者
十六歳　シルヴァーノ・マルチェッリ　父親は収監中、母親死亡、遺伝性梅毒
十六歳　フィオレッロ・グラッシ　善良な両親、前科なし、真面目な少年
十七歳　エットーレ・ドメニチ　母親は売春業、伯母に預けられる、鑑別所に二年
十七歳　ミケーレ・カステッロ　善良な両親、鑑別所に二年、サナトリウムに二年
十八歳　エットーレ・エルジック　善良な両親、ギャンブル癖
十八歳　パオリーノ・ボヴァート　父親はアル中、母親は売春周旋罪にて収監中
十八歳　フェデリコ・デッランジェレット　善良な両親、アル中一歩手前、乱暴者。
二十歳　ヴェーロ・ヴェリーニ　父親は収監中、鑑別所に三年、色情狂

これが恐怖の一夜の主人公たちだ。各々に関する疑惑はさておき、管理人は、午後七時より少し前に彼らが入るのを見たと証言し、そう書かれた調書に署名している。すでに全員が尋問を受けていたが、非行少年十一人が共に張った防衛戦線は、単純かつ幼稚なものだった。各々が自分は何もしていない、女教師を暴行したのは他の生徒で、自分ではないと主張したのだ。鑑識が可能な限りあらゆる場所から指紋を採取したため、まもなく虐殺者らの行動半径が判明するだろう。だが、明朝十時、予審判事が来るまでに、ドゥーカは直接彼らを尋問したかったし、何より顔を見ておきたかった。

寒気《さむけ》で窓が開いていることを思い出し、閉めに行った。それから部屋を出て、カルアのオフィスに行き、肘掛け椅子に沈みこんで眠るマスカランティを起こした。

「何時ですか？」立ち上がりながら訊くマスカランティ。まだ瞼が重そうだ。

「もうすぐ二時だ。始めないと」ドゥーカが言った。

「はい、先生」

カルアの机上の小さな電気スタンドから物憂げな光がもれ、向かいあう二人を照らしていた。眠気に襲われたマスカランティが、一瞬、ふらつく。

「聞いているか、マスカランティくん」とドゥーカ。「一人ずつ起こしてきてくれ。一人の尋問が終わってから、次の一人を起こすんだ。今のきみみたいに、眠くて立っていられない状態のまま、連れてきてくれ」

マスカランティは笑った。「はい、先生」

「わたしが言う順番に、オフィスに連れてくるんだ。まず初めに、一番年下のカルレット・アットーゾから」

「はい、先生」

「連れてくるときは、見張りの兵を二人付けてくれ。二人には尋問の立ち会いもしてもらう。それから、速記者を起こして、尋問を全部記録させてくれ」

「え、録音機を使いましょうよ、先生」

「いや、録音機はビンタの音まで録音してしまうからね。速記者が必要なんだ」

「先生」とマスカランティ。「カルア警視がおっしゃったのですが、先生が生徒たちに、一人にでも手を上げたら、署から叩き出すとのことです」

「いいさ、叩き出されてけっこう。だが、今は生徒をオフィスに連れてきてくれ。いいな、カルレット・アットーゾだぞ」

「はい、先生」

ドゥーカは部屋にもどり、また窓を開けた。街灯で青白く光る霧を見つめた。霧はますます濃くなっている。もう一度、深く息を吸ってから窓を閉め、机の後ろの椅子に座った。もちろん、ジジは小さなサラの往診に行ってくれたはずだ。電話がないということは、たいしたことはないのだろう。だが、電話を入れてみた方がいいかもしれない。番号を回すと、リヴィアが出た。「どう、リヴィア？」心のこもったリヴィアの声がこわばっていた。「悪くなっているわ」敵に対するような口調だ。「待って、お医者さんがあなたと話したいって」

受話器を耳に当てて待っていると、オフィスのドアが開き、見張りの兵士が二人、少年を支えながら入ってきた。二人に挟まれた背が高く骨太で鷲鼻の少年は、電気スタンドの光に目を瞬かせた。ドゥーカが入ってくる者を直撃するよう、傘を上に向けておいたのだ。続いて、マスカランティが、でっぷり太って派手な顎髭のある速記者を連れて入った。

「もしもし、ドゥーカか？」

「ああ、ジジ。どうだい」視線は少年を見ていた。金髪というより金髪混じり、目はバセドウ病っぽく飛び出し、並の十三歳の少年にはない反抗的で質《たち》の悪い感じがした。

「たいしたことはない。だが」著名な小児科医のジジが言う。ドゥーカは「だが」や「でも」や「もし」が嫌いだった。「やや酷い気管支炎だ。注射をしておいたから、治まるといいが。肺炎にならなければね。心配なのは妹さんの方だ。きみがここに来た方がいい、そうすれば安心されるだろうから」

ドゥーカは光が少年の顔に当たらないよう傘を下げ、机の前の椅子に座らせるようマスカランティにうながした。やはり反抗的で質《たち》の悪そうなまま、少年は腰を下ろした。ドゥーカは再び受話器に向かって話しだす。「ジジ、鎮静剤を出してやってくれ」著名な小児科医に頼んだ。分厚いバインダーから、ミケーレとアダ・ピレッリの娘である亡くなった女教師マティルデ・クレシェンツァーギの写真を取りだし、十三歳の少年、カルレット・アットーゾに見せた。「この写真を見なさい」片手で受話器を押さえながら言った。「真剣に見るんだ。両手でしっかり、目の前で持って、わたしが電話している間、見ていなさい。殴り飛ばされたくなければな」頑なで凶暴な様子にもかかわらず、少年は命令にしたがった。つまり、両手で写真を受けとって見つめていたが、やはり怖れを知らぬ敵意は剝きだしにしている。

「もしもし、ドゥーカ」小児科医が呼んだ。「聞いているのか？」

「ああ、聞いている」

「ドゥーカ、鎮静剤の問題じゃないんだ。妹さんにはこんな状態の赤ん坊を一人で見ていることができないんだよ。赤ん坊にとってもきみがついていてやるほうがいい。あと二、三時間は、また呼吸が苦しくなるかもしれないが、きみなら注射をしてやれる。一人では動転してどうしようもなくなるんだよ」

ドゥーカは聞きながら、両手で写真を持っている少年を見ていた。飛びだした目を覆った重そうな瞼には、どこか傲慢な、薄汚れた子犬が抱く苛立ち以上のものが感じられた。

「ジジ、聞いてくれ。どうしても行けないんだ。赤ん坊が死にかけていると言われても、行けないのは変わりない。それに、行っても何の役にも立たないが、ここでは役に立つ。わたしは小児科医ではないし、もはや医者ですらない。注射が必要なら、リヴィアに言ってすぐに看護婦を探させてくれ。道義的なことなら、ロレンツァに言ってくれ。妹を一人にしてここにいる方がどんなに辛いか。すまない、もう時間がないんだ。ありがとう」受話器を置いた。

そして、しばらく、たぶん一分近く目の前の光景を見つめていた。机のすぐ前の硬い椅子に腰かけ、両手で写真を持って見ているふりをしている少年。写真に映った悲痛な画像に動じる様子はない。後ろでは二人の見張りが、すぐ助けに入れるよう待ちかまえている。一般人なら、少年はあくまでも少年、力も弱いから何もできやしないと思うだろうが、警察の者なら十三歳といえども大人同様、危険だとわかっているからだ。

そして、机の左側にはマスカランティが立っていた。右側には、速記用紙とボールペンを手にしたカヴール伯（イタリア統一を主導した政治家）のような顎髭の速記者が、巨大な尻をなんとか丸椅子に載せて座っている。

このすべてが、二メートル半×三メートル半の小部屋に収まっていた。オフィスというより、箒などをしまっておく掃除用具置き場のような空間だ。

この場の背景や舞台装置を確認し終わると、ドゥーカは口を開いた。「写真を机の上に置きなさい。ただし、前に置いて、わたしが質問する間も見ていなさい」

少年は鼻につく従順さで、機械的に写真を机に置くと、腫れぼったい目を伏せ、見ているふりをした。

「よし」とドゥーカ。「さて、尋問を始める前に、ちょっと言っておく。おまえは自分が安全だと思っているだろう。十三歳という年齢に加えて、なんといっても結核患者だ。診断書も疑いの余地はない。両肺の肺尖に見られる広範囲の浸潤は悪化の傾向にある、とな」結核を病む十三歳の無防備な少年に指一本でも触れる警官がいるだろうか？「さっき殴り飛ばすと言ったが、それはできない。ただの脅しだったと白状するよ。だがな、もっと酷いことができるんだぞ。どんなことか、すぐ教えてやろう。いずれにせよ、自分が鑑別所送りになるのはわかっているだろう。だから、言っておく。わたしの質問にちゃんと答えれば、ベッカリーア（ミラノの少年鑑別所の別称）にいる友達に頼んでやるから、多少は扱いがよくなる。だが、ごまかそうとするなら、その友達がおまえをブラックリストに載せることになる。おまえはまだ、ベッカリーアに入った経験はないようだが、入ったことのある仲間からブラックリストのことは聞いているはずだ。ベッカリーアでは、結核の治療をちゃんとしてくれるから、おまえは太って健康にはなるが、ブラックリストに載った者は、決して出所できないぞ。二年の刑期は、反抗に対する懲罰で三年、四年、五年と延び、成年に達すれば、看守への攻撃を理由に普通の刑務所へ移送される。なぜなら、おまえらはただの犯罪者ではなく、看守に歯向かう愚か者だからだ」

カルレット・アットーゾは不意に瞼を上げ、こちらを見つめた。恐ろしく自信に溢れた眼差しだ。これほどの自信や慢心は、大人ではめったに見られない。十三歳だからこそのものだろう。「ぼくは何もやってません」その視線には、さらなる自信と慢心がみなぎっていた。「ぼくは小さすぎるし、怖くて。みんな正気じゃなかったから」もはや、おちょくっているとしか思えない。だが、我慢しなければならなかった。

ドゥーカはタバコをつかむと、箱を開けて一本引きだし、差しだした。「吸うか」

少年は抜きとった。ドゥーカはそれに火を点けてやり、自分の分にも火を点けた。「さあ、始めよう。ブラックリストのことを忘れるなよ」

第一部

尋問では、普通——物理的な力に訴えない限り——負けるのは尋問者だ。尋問される方は、嘘や作り話で平然と言いのがれるが、それに対して法は何もできない。

1

ドゥーカはカヴール伯似の速記者に始めると合図してから、少年に尋ねた。「名前は？」

「アットーゾ・カルレット」

「父親は」

「アットーゾ・ジョヴァンニ」

「母親は」

「マリレーナ・ドヴァーティ」

「生年月日は？」

「一九五四年一月四日」

すべて、速記者のための形式的な質問だ。ここから始める。「三日前の夜、おまえはいつもどおり学校へ行ったんだな？」少年に嘘をつく気を起こさせ、証言の矛盾を引きだすための質問だった。

実際、少年はすぐには応えない。質問の餌にそそられていた。あの夜、学校には行かなかったと言うこともできる。そうすれば事件とは無関係だ。だが、間抜けではなかったから、すでに管理人が、あの夜、自分が登校したと証言したことも知っていたし、何より、最初の尋問のとき、自分自身が、学校にいたことを認めたのを覚えていた。

「はい、学校にはいました。でも、ぼくは何もやってません」

それは、このうんざりする十一人が張っている防衛戦線だった。ドゥーカは床からアニス酒の瓶を一本持ち上げ、栓を取って、ラベルに度数78と書かれた酒の匂いを嗅いだ。このシチリアの酒は世界一、強烈なリキュールで、78度のアルコールというのは、舌をつければたちまち揮発《きはつ》してしまう。これに比べれば、ウィスキーやジンはミネラルウォーターのようなものだ。相当な酒飲みでも、アニス酒ならスプーン四、五杯で狂乱の別世界へと旅立ち、凶暴になる。この酒には、突発的に強い興奮状態を誘発する特殊な作用――感覚が鈍るのではなく、神経や性衝動の回路がショートする――があるからだ。くだらない薬物を使う若いやつらは、むろんアニス酒など知らないし、アニス酒にも、もっと度数の低いタイプもある。だが、これはもっとも強力なものだった。

「ああ、おまえが何もやっていないことはわかっている」ドゥーカは穏やかに言った。「これをちょっと味見してみるか？　眠気が吹き飛ぶぞ」

「いや、いいです。強すぎますから」と、少年。ひっかかった。抜け目はないが、賢くはない。

「どうして強いと知っているんだ？　飲んだことがあるのか？」愛想よく訊いた。

「ぼくが、いいえ。でも、強そうな代物にみえたから」

「ああ、そうか。どうしてそうみえる？」

「わからないけど、たぶん瓶が、グラッパの瓶みたいだから」

「シトロンのシロップの瓶ともいえるがな。ほら、ちょっと味見してみろ」

ドゥーカの視線を浴びながら、少年は道をまちがって足を滑らせた気がした。そのためバランスを失い、またまちがえた。「いやいやいや」慌てふためく。無理強いされるのかと驚いたのだ。「気分が悪くなるんで」

「なんで気分が悪くなるとわかるんだ？　つまり、飲んだことがあるんだな？」

ちょっとした勝利だが、完勝にはほど遠い。カルレット・アットーゾはうなだれた。「はい。あの夜、学校で」これを白状したからといって、危険はない。「無理やり飲まされたんです」

「ここではそんなことはしないよ」ドゥーカは冷静だった。「無理に飲ませたりしない。嗅いでくれれば、それでいい」少年が嗅ぐという動詞を初めて聞いたような顔をしたため、もっとはっきり説明してやった。「つまり、瓶を鼻の下に持っていって、匂いを感じるんだ」

少年は言うとおりにし、栓の開いた瓶を嗅いだとたん、顔をしかめた。

「これが、あの夜、学校で無理やり飲まされた酒か？」

吐き気で蒼白になった少年は、瓶を机の上に置いた。「はい」

ドゥーカは立ち上がった。「いい子だ。ときどき本当のことを言うな」少年の背後に回り、椅子の後ろに立って、肩に手を置いた。「振り向かず、目の前にある写真を見続けるんだ。世間一般では、おまえは悪い仲間と豊かな社会のせいで道を踏み外した、哀れな十三歳の少年だろう。だが、わたしに言わせれば、おまえは生まれつきの金髪と同じ、生まれながらの悪党だ。おまえの年齢の子は、こんな写真が目に入れば平気でいられやしない。子供なら、自分の教師のこんな変わり果てた姿を見れば、叫んだり吐いたりするはずだが、おまえはただの子供じゃない。おまえは犯罪者の予備軍で、そのキャリアを完璧に積んでいくだろう。おい、悪党、聞いているのか？」ドゥーカは、痩せた結核持ちの少年の肩を、少し強く押した。「振り向くな。振り向かずに答えるんだ」

「はい、聞いてます。でも、ぼくは何もやってません」

「もちろん」と、ドゥーカ。「だが、聞こえているなら、これも良く聞いておけ。おまえには、やったことを全部、白状してほしいわけじゃない。そんなことはどうでもいい。なぜって、おまえが何をやったかは、見てのとおり、もうわかっているからな。千リラ賭けてもいいぞ。先生のストッキングを机の間に画鋲で留めて縄跳びにしたのはおまえだな。まだ小さいから、縄跳びが好きなんだろう、なんといっても78度のアニス酒で酔っぱらっていたからな」

「いいえ、ぼくは何もやってません」

「いいだろう、小さいカルレット」ドゥーカの声は厳しくなっていた。相変わらず少年の背後に立ち、肩に手を置いている。「おまえは何もしなかった。だが、わたしはおまえが何をして、何をしなかったかなど、知りたくもない。一つ頼みがあるだけだ。聞いてくれるか?」

少年は振り向いた。その目はためらっている。

「振り向くな!」突然の怒鳴り声に、マスカランティや速記者、見張りの二人もびくっとしていた。「振り向かず、その写真をちゃんと見るんだ。さもないと、死体安置所に連れて行くぞ。おまえを教育できると幻想を抱いた先生が、検死を待っているところだ。蛍光灯を点けたまま、ひと晩中、先生と二人きりにしておいてやろうか」

少年は荒い息を吐き、慌てて言った。「見ます、見ます」

「よし。見ながらよく聞くんだ」ドゥーカは声の調子を元にもどした。「さっき言ったように、頼みがある。一つだけ、知りたいことがあるんだ。アニス酒を学校へ持ってきたのは誰か。他には何も訊かないし、すぐにもどって眠らせてやる。先生にトドメの一撃をくらわせたのがおまえだとしても、訊くのはこれだけだ。アニス酒を教室に持ちこんだのは誰だ? 答えれば解放してやる」

「知らない。何も見なかったから、答えられません」動揺している。ドゥーカの両手が肩を押した。結核持ちを殴るわけにもいかず、痛い思いはさせなかったが、少年はさらに落ち着きをなくした。

「よく聞け、バカ者。つまらない返事をする前に、ちょっと待ってよく考えるんだ。ブラックリストのことを覚えておけよ。質問は一つだけ、それもささいなことだ。何もかも白状しろとは言わない。だが、こんなことすら言わないなら、いいな、この先二十年、心の安まるときはないと思え。報告書つきでベッカリーアに送ってやるから、思春期の半分は懲罰部屋で過ごすことになる。あとの十年は普通の刑務所だ。わたしに一杯食わせるつもりなら、よく考えた方がいいぞ。もう一度だけ言う。アニス酒を教室に持ちこんだのは誰だ？」

沈黙が流れた。タバコに火を点けようとしていたマスカランティは、ライターを閉じた。少年は相変わらず、目の前の凄惨な写真を見つめていたが、やがて口を開く。「フィオレッロ・グラッシ」名前だけ言った――フィオレッロ・グラッシ。

ドゥーカはもどって机の向こうの椅子に腰かけ、膨らんだ目を写真の上に伏せた少年を見た。黙ったまま、さっき書いたメモを目で追っていく――フィオレッロ・グラッシ、善良な両親、前科なし、真面目な少年。ありったけの意志の力で自分を抑え、静かに話した。「わたしはかなり忍耐強い方だが、それに付けこむんじゃない。本当のことを言うんだ」フィオレッロ・グラッシは、あの十一人の悪童の中で、唯一汚点のない少年だ。尋問調書によればだが、その尋問はカルア自らが行い、《真面目な少年》と記しているのだ。ということは、年若い悪党のカルレット・アットーゾは、たった一人の真面目な少年に罪を押しつけ、他の罪深い連中を救おうとしているのか。

「本当なんです」少年は動揺し、叫びだした。「先生を待ってたら、あいつが教室に入ってきて、飲み物を持ってきたって言ったから」

「ほんとうにそうか、フィオレッロ・グラッシでまちがいないんだな?」

「まちがいじゃありません、あいつです」

「では、なぜ最初の尋問のとき、そう言わなかったんだ?」

少年は落ち着きをとりもどしていた。「それは、質問されなかったから」

またもや突然、ドゥーカの雷が落ち、少年は真っ青になる。「違う! 質問している。ここに書いてあるぞ、『リキュールの瓶を教室に持ってきたのは誰だ?』と訊かれたんだ。わたしの質問と同じじゃないか」怒鳴りながらますます声が大きくなった。「おまえはなんと答えたか? 『何も知らない、何も見てない』と答えたんだ」

怒鳴り声で少年は揺らいだ。単なる音波の暴力だが効き目があった。「仲間を裏切りたくなかったんだ。スパイじゃないから」泣き声だった。

ドゥーカは声を落とした。「いいだろう。ごまかしてばかりだな。好きにしろ。だが、忘れるなよ、おまえは青春を鑑別所と刑務所で過ごすんだ。結核は治してもらえるから、心配しなくていい。おまけにでっぷりと太るさ。だが、自由になるまでに三十歳は越えるぞ」見張りの二人に合図した。「この糞ガキを連れて行ってくれ」

二人に伴われた少年がまだ出ていかないうちに、ドゥーカは自宅の番号をダイヤルした。

「どうだ?」出たのは妹のロレンツァだった。

「少し良くなって、眠ってる。熱も下がってきたわ」

「呼吸は?」

「だいじょうぶそう。看護婦さんが付いていてくれるから」

「ロレンツァ、それなら、おまえは休みなさい」

「ええ、そうね。待って、リヴィアが話したいって」

リヴィアの声が聞こえてきた。「ドゥーカ、安心して。赤ん坊は良くなってきたから」

「ありがとう、リヴィア」

「いつごろ帰れる?」

「訊かないでくれ、リヴィア。わからない、遅くなると思う。この仕事は、何があっても途中で止めるわけにはいかないんだ」

「ごめんなさい、さっきは気が立っていて。赤ん坊が酷い状態だったから」優しい声だ。

「いや、こちらこそすまない。また、少ししたら電話するよ」

受話器を置き、眠そうな速記者を見てから、マスカランティの方を向く。「最年少の後は、最年長にしてみよう。このヴェーロ・ヴェリーニを連れてきてくれ」深く息を吸った。サラが持ち直してくれた。

ヴェーロ・ヴェリーニは夜間定時制アンドレア&マリア・フスターニ校で一番年上の生徒だ。ドゥーカがメモした特記事項は、父親は収監中、鑑別所に三年、色情狂。

部屋を出たマスカランティは、数分後、見張り二人に伴われた若者とともにもどってきた。

2

その子は背が低く、太いというより膨れたような体つきで、フケだらけの赤茶けた髪を汚く伸ばしているため、三十過ぎにみえた。もともと小さい目が、睡眠を遮られたせいで、ますます細くなっている。

「座りなさい」とドゥーカ。

老けた若者は腰を下ろした。

「もっと机に近づいて」

若者は、膝が机の真下にくるまで椅子を引いた。

「それでいい」ドゥーカはメモを手にしている。「名前はヴェーロ・ヴェリーニ、二十歳、父親はジュゼッペ、強盗で七年前から刑務所にて服役中。おまえも何度か罪を犯し、鑑別所に三年入っていた。すべて公然猥褻罪、すなわち庭園や公園、自宅の窓でも卑猥なことをしたんだな。窓から顔を出し、下を通る女の子にいけないことをするのも、もちろん、生まれたままの姿で窓に立つのも、猥褻行為だからな。まちがいないか?」

「違います」老けた若者は首を振った。「そんなことはしてない。ポリ公たちがおれを破滅させるために言ったことさ」

「おや、そうか？　ポリ公たちはなんで、おまえのようなクズを破滅させたがるのか？」怖れを知らない頑なな若者は、ドゥーカを睨みつけた。「性悪だからさ。誰彼かまわず、真面目な子まで、イジめたがるんだ」

ドゥーカはにやりと笑った。マスカランティもカヴール伯似の速記者も、見張りの二人までが、控えめに笑みを浮かべた。みんなが笑ったのを見ると、老けた若者、ヴェーロ・ヴェリーニは、台詞《せりふ》が受けて満足した俳優のように、自分も笑った。

「いいだろう」とドゥーカ。「おまえは真面目な子なんだな。真面目なら、わたしの質問に答えてくれ。質問は一つだけだ。答えてくれたら、他には訊かない。この一つだけで、あとはもどって眠ってくれていい。わかったか？」

「ああ、わかった」

「一つだけだから、よく考えろよ、一度しか言わないから。質問はこれだ。アニス酒を教室に持ちこんだのは誰か？」

老けた若者は首を振り、即答した。「知らない」

「おや、知らないのか？」ドゥーカは右手を伸ばし、机の上のアニス酒の瓶をつかもうとしたが、その手は――わざと――ぎこちなく、瓶はひっくり返ってしまった。開いた口から流れた液体は、ほとんどが机の縁を越え、若者の膝にこぼれていく。若者は、とっさにこの強烈なシャワーを避けようとしたが、机の向こうからドゥーカに腕を押さえられ、動けなくなった。「駄目だ、じっとしていない」怒鳴り声が響いた。見ていたマスカランティまで顔に手をやるほど、ドゥーカの怒鳴り声は怖かった。

「はい」と身を硬くするヴェーロ・ヴェリーニ。アニス酒の最後のひと筋が、刺すような芳香を放ちながら靴下から靴の中へ流れこむ。ようやく空になると、ドゥーカは瓶を立てた。狭いオフィスに充満したアニスの匂いは耐えがたく、カヴール伯似の速記者の目は赤くなっていた。マスカランティは鼻をかみ、見張りの一人はくしゃみをした。老けた若者は青くなっている。しらふにもどるまで丸一日、医務室にいたぐらいだから、女教師虐殺の夜にはアニス酒をかなり飲んでいたに違いない。そして今、同じ酒を吸ったズボンや靴が発散するおぞましい匂いに、再び胃を引きつらせ、突き上げる吐き気で、目に涙をためている。

「窓を開けましょうか」仲裁するようにマスカランティが訊く。

「駄目だ。かわいそうだろ、外は霧で寒いからな」と、ドゥーカ。「この子も結核持ちだぞ、知らないのか?」数秒後、また老けた若者の方を向く。膨れた顔は青く、吐き気で歪んでいた。「もう一度訊くが、アニス酒を教室に持ちこんだのは誰か言ってくれないか。おまえは知らないと言ったが、たぶんよく覚えていないんだろう。よく思い出してみてくれ。誰が酒を持ちこんだか思い出せば、すぐにもどして眠らせてやるし、ほら、タバコも一箱持たせてやるよ」目の前にタバコを一箱、マッチも載せて置いてやった。「よく思い出してみるんだ」

ヴェーロ・ヴェリーニは口元に手をやり、吐き気を押さえた。鬱血した顔で口を開く。「はい、思い出しました」

「何を思い出したんだ?」

「酒を持ってきたのは、あいつでした」

「『あいつ』とは誰のことだ?」

「瓶を持って教室に入ってきたのを見ました。フィオレッロ・グラッシです」

ドゥーカは硬い表情をくずさない。身動きもせず、机に載せた腕以外、何も見ていなかった。「ありがとう、行っていいぞ」若者に言った。「タバコとマッチも持っていけ」よろよろと立ち上がるズボンからは、まだアニスの匂いがぷんぷんしていた。「休ませてやってくれ、しっかりいたわってやるように」見張りの二人に言った。

兵士たちがヴェーロ・ヴェリーニを連れて行くと、マスカランティが言った。「先生、窓を少し開けてもいいですか？」

「駄目だ」と、ドゥーカ。「この匂いは、あの子らに多くのことを思い起こさせる。逮捕したとき、あいつらはまだへべれけに酔っていた。ここ一週間は、アニス酒のことなど聞くのも嫌なはずだからね」

しかたない、とマスカランティは思った。おかげで自分たちまで胃がむかついている。立ち上がり、辛抱強く言った。「フィオレッロ・グラッシを連れてきましょうか？」二人の生徒から、酒を持ちこんだ張本人と名指しされた、第一容疑者だ。

「いや」と、ドゥーカ。「別の悪ガキを連れてきてくれ。エットーレ・ドメニチだ」

「はい、先生」

3

「座りなさい」ドゥーカは少年に言った。「床が少し濡れているが、しっかり机に寄って座りなさい。アニス酒の瓶が倒れたんだ。飲んだことはあるかい？」

「あります」と、エットーレ・ドメニチ。ドゥーカのメモによると、年齢は十七歳、売春婦の息子で、伯母に預けられているが、二年間は鑑別所に入っていた。善良な会社員である初老の従兄に金の無心をして断られ、ナイフで切りつけたためだ。卑しい若者の典型で、二人の見張りや、二、三人いる監視の前では卑屈な態度をとり、手加減させようと絶対服従を装うが、その実、欺いてばかりいる。この子も眠そうに目を瞬かせていた。

「あの夜、何をしたのか、ちょっと話してくれないか」ドゥーカが言った。少年が眩しくないよう、電気スタンドの傘を下向きにした。薄明かりの方が嘘はつきやすい。哀れな悪ガキが話を作り、だませたと勘違いしてくれる方がいい。

「何もしてません。ぼくは関係ないんです」

「ああ、何もしていないのはわかっている。では、何をするのを見たか話してくれないか」

この穏やかな尋問のしかたを見て、少年は取調官の能力を過小評価しはじめた。従順そうに言う。

「怖かったから、見てもないんです」

「いいか、エットーレ。お祭り騒ぎはほぼ二時間、続いたんだぞ」ドゥーカは穏やかに言った。「二時間もの間、顔を壁に向けて何も見ずにいられるわけがない。いい子だから、何を見たか、ちょっと話してくれないか」

「何も見てませんって」

「そうだな」ドゥーカは立ち上がり、机のまわりを回った。マスカランティはツバを飲みこんだ。ドゥーカが少年の首を絞めるかもと思ったが、自分には止められない。ランベルティ先生には誰一人、何一つ、禁じることなどできない。だが、同時に苦悩もしていた。ランベルティ先生が、たとえ平手打ちでも生徒に触れれば、カルア閣下が先生を警察から追い出すしかないこともわかっていたからだ。

だが、ドゥーカは少年に何もしなかった。ただ、近寄って、机の上から空瓶をつかみ、底に残った数滴のアニス酒を掌にこぼして、その手をエットーレ・ドメニチの鼻の下に差し入れた。「この部屋のアニスの匂いに気付かないなら、味見してみるといい。あの夜、これを飲んだかどうか言ってみろ」アニス酒の付いた手を少年の鼻と口に持っていくと、少年は我慢していたが、咳きこみだし、咳をしながら言った。「……ぼくは飲みたくなかったんだ……でも、無理やり……。口に瓶をくわえさせられて、飲めって言われたんだ」

「無理やり飲ませたのは誰だ?」

「わからない。みんなでいたから、みんなが……」

ドゥーカは思った。この子らは嘘に嘘を重ねる可能性がある。無理やり飲まされたというのも嘘くさい。それが真実だとしても、誰に飲まされたかはわかるはずで、思い出せないわけがない。愚かしさに気が滅入った。

「で、おまえは仲間たちが先生に何をしていたか、何も見ていないんだな?」

「はい、ほとんど何も見てません……」アニスが気管に入ったのだろう、咽せて咳きこんだ。

『『ほとんど』というのは?　何かを見たということか?」

少年はまたもや咳をしたが、今度は空咳だった。「はい、服を脱がせてるのを見て、すごく怖くなったんで、それっきり見てません」

「普通、おまえの歳なら、裸の女が見えたら、見続けるものだがな」

「でも、怖かったんです。声を出せないよう、口にハンカチを突っこむのを見たから。それっきり、見るのがいやになって」

「口にハンカチを突っこむのを見たのなら、誰が突っこんだか見ただろう?」

「ぼくは……」

ドゥーカは唸るように怒鳴った。「さっさと言うんだ、このチンピラが」

「ぼくは……」エットーレ・ドメニチ少年は恐怖で顔を赤くした。恐怖は熱を帯びることがある。絶望的な熱さで、顔は赤く充血する。やっと口を開いた。「はい、見てました。誰が先生の口にハンカチを突っこんだか」

「で、誰だったんだ?」

「……わかんない、まちがっちゃいけないんで、でも、フィオレッロだったような」

「このフィオレッロ・グラッシのことか?」ドゥーカは最初の尋問調書のバインダーから、フィオレッロ・グラッシと書かれた写真付きの書類を取りだした。

「はい、あいつです」少年はうなだれた。

二分間もの間、ドゥーカは黙っていた。それでも、他に誰も話す者はない。少年と同じく頭を垂れ、湧きあがる怒りを抑えこむと、ドゥーカは言った。「おまえはもちろん、アニス酒を教室に持ちこんだのは誰か知らないんだろう?」

「はい、知りません」

またもや短い沈黙が流れた。ドゥーカは引き出しから紙を一枚とフェルトペンを取りだし、それを少年の前に置いた。「いいだろう、尋問は終わりだ。さて、これから筆記試験を行う」

少年は訝しそうにドゥーカを見やり、笑うそぶりさえ見せた。

「これから、わたしが言う絵を二、三、描いて見せてくれ。たとえば」そして、紙に描かせるものを、できるかぎり露骨に、下品な言いまわしで伝えた。

エットーレ・ドメニチはますます赤くなった。むろん恥じらいではなく、恐怖のせいだ。ドゥーカの声の調子だけで縮み上がっていた。

「描いたことがないとは言わせないぞ」

少年は恐るおそる言われた絵を描いた。

「今度は、同じものの女性版を描くんだ」と、ドゥーカ。「わかったのか? それとも、もっとズバリと言おうか?」

エットーレ・ドメニチは女性の腰と言われたものを描いた。

「今度は、わたしが言葉や文を言うから、おまえは書き取るだけだ」最初の言葉を口述したが、それはマスカランティや速記者や見張り二人の感じやすくもない耳にも不慣れな表現で、おまけに、はっきり、くっきり発音されたため、誰もがおののいた。「書くんだ」

「書くんですか?」少年は信じられず、驚いて訊いた。

「書けと言ったら、書くんだ」ドゥーカは拳で机を叩いた。

「はい、わかりました」少年はその言葉を書いた。

「次はこれだ」ドゥーカは二つめの言葉を言った。

少年はうなずき、すぐに書き取った。

「次はこの文章だ」言われたとおりに書き取る十七歳を、じっと見つめる。「次はこれ。それから、この二つの言葉だ」

紙はいやらしい絵と卑猥な言葉で埋まった。「連れて行け」と、ドゥーカが言う。少年が行ってしまうと、マスカランティに紙を渡した。「これは鑑識に、筆跡鑑定に回してくれ。学校の黒板で見つかったのと同じ言葉や絵だ。鑑定にかければ、黒板にいたずら書きをした子が特定できるだろう」

「わかりました、先生」と、マスカランティ。「次は誰を連れてきましょうか? フィオレッロ・グラッシですか?」

「いや」と、ドゥーカ。「誰でもいいが、フィオレッロ・グラッシ以外の子を連れてきてくれ」

「はい、先生」と、言ってから恭《うやうや》しく訊いた。「窓をちょっと開けてもいいでしょうか? アニスの匂いがどうも……」

「残念だが、窓を開けるのは尋問が終わってからだ」明け方の四時になろうとしていた。

4

午前六時には他の四人の尋問も終わった。父親は収監中、母親は死亡している十六歳の遺伝性梅毒患者、シルヴァーノ・マルチェッリ。父親はアル中、母親は売春周旋罪で収監中の十八歳、パオリーノ・ボヴァート。もう一人の十八歳、スラブ系のエットーレ・エルジックは、両親とも善良で、本人も前科はないが、ギャンブル癖があり、ソーシャルワーカーの助けがなければ鑑別所送りになっていた。そして、六時少し前には、十四歳のカロリーノ・マラッシを尋問した。極めて善良な両親の元に生まれたが、孤児となってから方々で盗みをするようになり、鑑別所に一年入っていた。

四人の誰もが、あの夜、学校では何もしていないし、何も見ていないと答えた。アニス酒を無理やり飲まされ、虐殺の現場にいた。教室から逃げ出したかったが、悪い仲間に阻止されたというのだ。もちろん、四人ともアニス酒を教室に持ちこんだのは誰か知らない。ドゥーカは全員に、あの絵や言葉を紙に書かせてみた。全員が、狭いオフィスの中で時間が経つにつれ消えるどころか濃くなったアニス酒の匂いにむかつき、顔色を変え、一人はとうとう嘔吐した。マスカランティが掃除させたが、オフィスの空気はもはや耐えがたい。

「少し開けてもいいでしょうか?」速記者がおずおずと訊く。

ドゥーカは床から二本目のアニス酒の瓶を取り、栓を開けて机の上に置いた。「三日前、あの子らは80度近いアニス酒で酩酊していた。まだアルコールによるショック状態から抜けきれていないから、この匂いでむかつくんだ」瓶の中身を全部、次に尋問する子が座る椅子と床の上に注いだ。「法が、悪ガキどもの顔に蹴りを入れて尋問するのを許さないなら、心理作戦に訴えるしかない。これなら、未成年者虐待で訴えられることはないし、アニスは高濃度のアルコールで除菌作用もある。あの子らには除菌が必要だからね。この作戦で胃がむかつく子もいるが、中にはむかついた後、屈服する子もいるだろう。この四時間、どの子も何もやってない、何も見てない、何も知らないと言っていた。さて、全員が口裏を合わせるかどうか見てみよう」

「はい、先生」と、速記者。

「誰を連れてきましょうか?」マスカランティが訊いた。

「気晴らしがしたいな」と、ドゥーカ。「フィオレッロ・グラッシを連れてきてくれ」

若者は背が低かった。愛情深い叔母なら頑丈な若武者とでも形容するだろうか。背丈はないが、ガッチリして恰幅がよく、低い鼻は馬のように鼻孔が広がり、実際より大きく見えた。

「座りなさい」ドゥーカが言った。

少年は椅子を見た。座面の窪みにはアニス酒の水たまりがあって、耐えがたい匂いを発散している。

「ずぶ濡れですが」少年は言った。

ドゥーカは少年をまっすぐ見つめた。「そのとおり、それでも座りなさい」

ドゥーカの声の調子に圧倒され、若武者は嫌そうにアニスの水たまりに腰を下ろした。

「足も、床の濡れているところに置きなさい」

若者は言われたとおりにした。従わずにはいられない声というのがあるものだ。

ドゥーカは、少年が椅子の下のアニスの池に足を浸けたか確認し、低いが辛辣な声で言った。「名前はフィオレッロ・グラッシ、十六歳。両親は善良で、ソーシャルワーカーもその他の人間も、おまえは真面目な少年だと証言している」ここで一呼吸入れ、また話しはじめる。「だが三日前の夜、おまえは女教師がこんな風に惨殺された夜間校にいた。写真を見るんだ」写真を見た若武者は目をぱちくりさせている。「だが、もちろんおまえは何も見ていない。最初の尋問でそう証言したと、ここに書いてある。何も見ていない、酒は無理やり飲まされた、つまり、おまえが今、尻に敷いたアニス酒のことだな。そして、告げ口する恐れがあるからと外へ出してもらえず、全員が出ていくまであの場に居させられたと、証言している。そうだな、違うか？」

十六歳のこの少年は、他の子ほど目つきは悪くないが、返事をしなかった。

「訊いているんだ。答えが欲しい」

今度も、声が若者を圧倒した。「ぼくは何も見てません。みんなのようなことはしたくないと言ったら、殴られたけど、何もしてません」

「いいだろう」と、ドゥーカ。「だが、あの夜のクラスメイトの何名かが、教室にアニス酒を持ちこんで、他の生徒に無理やり飲ませ、ふざけたまねをさせたのはおまえだと言っているぞ」

フィオレッロ・グラッシは頭を垂れた。なるほどこれでわかった。こんな風にうなだれた姿や額に刻まれた皺を見ると、十六歳というのは公然たる事実だが、精神年齢はもっと上だろう。心理的には遥かに老成している。「ぼくのせいにされるのは、わかっていました」辛そうに言った。「そうだと思った」ずっと頭を上げない。

ドゥーカは立ち上がった。少年の言葉には、心の底から絞りだしたような抑揚があった。嘘ならどこか調子はずれに聞こえるものだが、この子の声は調和がとれ、不自然なところはなかった。そこで、少年に近づき、カルレット・アットーゾにしたように肩ではなく、頭にそっと手を置いた。黒く密生した髪がチクチクして、硬いブラシを撫でているようだ。「おまえを助けたいんだ」声をかけた。「このままでは他の子と同じで、おまえも十二年は鑑別所か刑務所暮らしで、さらに五、六年、更正施設か保護観察処分が待っている。本当のことを話してくれたら、助けてやれるんだ」

　少年は相変わらず頭を垂れ、何も聞こえていないようにすら見えた。

「さっき言ったな。クラスメイトたちから、酒を教室に持ちこんで、あんなことをさせたのはおまえだと言われるのは、わかっていたと。どうしてわかっていたんだ?」ドゥーカは少年の顎の下に手を入れ、顔を上げさせた。

「それは……」フィオレッロは視線を上げたが、その目は急に涙で潤んだ。「それは……ぼくが、ほかのみんなと同じじゃないから」涙の筋が二本、頬を伝った。

「みんなと同じじゃないとは、どういうことだ?」訊きながら、ドゥーカにはわかった。どういうことかは明らかだった。もっと早く気付くべきだった。若武者のような風采は見かけだけで、声やしぐさ、言葉遣いに、どこかあまりになよなよしたところがあった。

　少年は激しく泣きじゃくった「みんなと同じじゃないんだ、だから、みんなぼくのことを利用して、いつも、なんでもぼくのせいにするんだ。だけど、ぼくは何もしていない、あそこに居させられただけなんです」涙とともに、今や自分の体や靴や頭から発散するきついアニスの匂いで、吐き気にも襲われていた。

「来なさい」ドゥーカは少年の腕を取って立たせ、窓際へ連れて行き、窓を開けてやった。「ちょっと寒いが、気分はましになるだろう。深呼吸しなさい」少年の頭とうなじを撫でてやった。すでに朝の七時だったが、窓からは霧と夜気だけが入ってきた。見張りの二人に向かって言った。「頼む、ちょっと掃除して、ドアを開けて風を通してくれ」少年のうなじをまた撫でた。「そんなに泣くな。もういいから、タバコでも吸いなさい」

フィオレッロ・グラッシは首を振った。「いいえ、いりません」

窓の外を見ていたドゥーカには、突然、霧と闇の中で、近くのヘッドライトが消えるのが見えた。ほんの一瞬、インクを流したような漆黒の闇が広がったが、やがて、何か明るい薔薇色の光が瞬いた。新しい一日が始まったのだ。そして、霧は見る間に薔薇色の輝きをまとっていった。「コーヒーは飲むか？」しゃくり上げている少年に訊いた。

「はい、ありがとうございます」フィオレッロは答えた。見張りがコーヒーを運んでくると、ゴクゴクと飲んだ。すでに胃の不快感は鎮まっていた。それから、「寒い」と言い、体をぶるっと震わせた。ドゥーカは窓を閉めた。「ラジエーターの方に行って暖まろう」自分も寒かったので、少年とともに部屋の隅へ行った。古くさいが大きくて性能の良いラジエーターに少年を寄りかからせ、自分は手だけをかざした。少年は泣きやんでいる。しばらくは震えていたが、やがてそれも止まると、あとはじっとラジエーターに貼り付いていた。

「言ってくれ、フィオレッロ。何があったんだ」低い声で訊く。「あの夜あったことを、話してくれないか」

少年は下を向いたまま首を振り、熱を吸い取るみたいにラジエーターにもたれている。そして、すべてを告白するより大事なことを言った。「告げ口《スパイ》はしません」

5

マスカランティ、速記者のカヴール伯、そして見張りの二人は、それまでの四時間同様、身動きもせず黙っていたが、この言葉にはおののいたように見えた。「告げ口《スパイ》はしません」

ドゥーカはまた少年の頭を撫で、「そうだな」と語りかける。「悪い仲間だとしても、必ずしも裏切る必要はない。だが、それならおまえは、あのワルたちといて、殴られても笑いものにされてもいいんだな。つまり、先生のような善良な人といることは諦めて、先生が無残に殺されたように、善人が虐殺されるのを見過ごすんだな。密告者《スパイ》と言われなければ、それでいいからな。そういうことだろう。いつか誰かが、おまえの母さんか姉さんを殺しても、何も言わないんだな、告げ口《スパイ》はしないんだから。かわいそうな先生は、おまえの母さんや姉さんと変わらないんだぞ。おまえを教育して、少しでも躾けてやろうとしていた。僅かな給金のためなんかじゃない。おまえや、先生をなぶり殺しにしたおまえたち全員に対する愛情があってのことだ。だが、おまえにとって大事なのは、密告者《スパイ》と呼ばれないことだけなんだな」

フィオレッロは、ラジエーターに顔を付けてまた泣きだした。

「泣いても無駄だ、フィオレッロ」ドゥーカは少年から離れ、狭い部屋を行ったり来たりした。「おまえがあの夜、何もしなかったことはわかっている。あの場に居させられ、酒を飲まされ、見させられたんだろう。従わなければ、殴られたんだな。あの夜、おまえは本当に何も犯さなかった。だが、今、この瞬間、おまえは罪を犯そうとしているんだぞ。なぜなら、真実を知っているのに、それを話すことを拒み、先生を殺した犯人を庇っているからだ。それなら、先生を殺した真犯人はおまえだ。手は下していなくとも、殺人犯を守っているんだからな」

少年は泣きやんでいたが、やはり黙っている。窓からは、霧にもかかわらず薔薇色の薄明かりが差しこんで、部屋に一つしかない電球の光は霞んで見えた。

「いいか、フィオレッロ」ドゥーカは再びラジエーターに近寄り、少年の脇に立ち止まった。「すぐに全部話して欲しいわけじゃない。どちらの側につくか選びなさい。殺人犯の側か、殺された者の側か。そのあとは考える時間がいるだろう。好きなだけ時間をやる。おまえの場合、時間がかかりそうだからな。だが、このことは保証してやる。無理やり告げ口《スパイ》などさせない。だから、仲間たちから、殴られたり脅されたりする心配もない。話してくれればもちろんいいが、話してくれないならしかたがない。おまえ自身が良心に従って自由に決めなさい」

少年はまた泣き出した。ドゥーカの言葉と頭を撫でる手の優しさに打ちのめされ、激しくしゃくり上げた。だが、やがてラジエーターから顔を上げ、流れ落ちる涙の向こうからドゥーカを見た。

「告げ口《スパイ》はしません」

「好きにするがいい」と、ドゥーカ。「行って眠りなさい。もう疲れはてただろう。わたしと話したくなったら、いつでもできるから。おまえが会いたいと言えば、すぐわたしに知らせるよう、見張りに言っておこう」

「告げ口《スパイ》はしません」また泣いている。

ドゥーカはその言葉を無視して、「ほら」とタバコ二箱とマッチを持たせた。「おまえがいい子だというのはわかっている。善良なご両親も、今ごろ苦しんでいらっしゃるだろう。どちらの側につくか考えるときは、お二人のことも考えなさい」

見かけは若武者くずれでも、まだほんの子供だった。少年は激しくしゃくり上げながらも、タバコを受けとり、おとなしく見張りに連れられていった。

マスカランティが立ち上がり、窓へ近づいていく。「朝陽ですね」窓は薔薇色に輝いていた。霧は朝陽に染まり、電球の光はもう目には見えない。

「別の子を呼んでくれ」窓から差しこむ朝陽には目もくれず、ドゥーカはメモしたリストに目を走らせた。「フェデリコ・デッランジェレットだ」

だが、このフェデリコ・デッランジェレットも、誰がアニス酒を教室に持ちこんだのか、誰が女教師相手に残忍な行為を始めたのか、何も言わなかった。何も見なかった、無理やり教室に居させられ、酒を飲まされたため、眠ってしまったというのだ。

「なんと、眠っていただと?」ドゥーカは低い声で呟いた。図々しいにもほどがある。他の十人のクラスメイトが女教師を強姦、殺害していた間、自分だけは眠っていたというのを、信じろというのか。

「はい」フェデリコ・デッランジェレットは答えた。「お酒をちょっと飲んだら、すぐに眠くなっちまったんで」

「そうか、わかった」と、ドゥーカ。「では、独房にもどって寝なさい」

十一番目の少年、鑑別所に二年入っていた十七歳のミケーレ・カステッロへの尋問も、結果は同じだった。何も知らない、何も見ていない。仲間に無理やり酒を飲まされ、その場に居させられたという。そして、無理強いしたのは誰かという問いには、あのときはあまりに怖かったから、何も覚えていないと答えた。

「そうだな」ドゥーカは見張りに連れて行くよう合図した。「今に見ていろ、牢屋に十年もいれば、はっきり思い出せるようになるから」

八時になろうとしていた。速記者は眠気と疲れでくたくたになっていた。マスカランティはもちこたえていたが、疲れきっているに違いなかった。

「それでは、また後で」ドゥーカが言った。「午後に会いましょう。そのとき、尋問調書に署名しますから」

「わかりました」と、速記者。

「二時間ほどでもどってきます」と、マスカランティ。

「いや、頼むから、少なくとも二時まではしっかり眠ってくれたまえ」ドゥーカは二人が出ていくのを待って、自宅の番号をダイヤルした。

「どんな具合だ、リヴィア?」優しいのに硬い、リヴィア・ウッサロの声に尋ねた。

「熱がまた上がったの」

「どのくらい?」

「四十一度、直腸温で」

つまり、四十度半ということだ。「呼吸は?」

「苦しそうで」その声はとても疲れていた。

「看護婦は注射してくれた?」

「ええ、六時に。もう二時間たつけど、何も変わらないわ」

狭い部屋はさして暑くもないのに、額に汗をかいていた。手でぬぐうと、びしょびしょの雑巾に触れたみたいに濡れていた。

「ジジを呼ばないと」元同僚の小児科医のことだ。

「もう呼んだわ。すぐ来てくれるそうよ」と、リヴィア。「病院に運んで、酸素テントで覆った方がいいって」

二歳過ぎで肺炎とは。不治の病ではないが、軽く見てはいけない。「ジジが来たらすぐ、電話で話させてくれ」と、ドゥーカ。「わたしはずっとここにいるから」

「じゃあ、赤ん坊を見に帰ってこないの？」

「帰れない」

「わかった」そっけない声。

「待って、ロレンツァと話したい」

「眠っているわ。睡眠薬を飲ませるしかなかったの。赤ん坊の熱がまた上がったのを見たら、取り乱して、あなたに会いに警察署へ行くって。だから、薬を飲ませたのよ」

ドゥーカは「ありがとう」とだけ言って、受話器を置いた。そのとき初めて、部屋の中に上司のカルアが入ってきたのに気づいた。長い付き合いの友、そして父の友人でもあった男だ。

6

カルアは閉めたドアにもたれていた。霧を抜けて窓から差しこむ朝陽を浴び、全身、薔薇色に輝いている。

「すみません、いたんですか。気が付かなかった」とドゥーカ。「おはようございます」

「おはよう」カルアはタイプライターの前の丸椅子に腰かけた。髭を剃って、清々しい顔をしているが、こんなことは週に一度あればいい方だ。「マスカランティに会ったが、あの子ら全員に尋問したそうだな」

「ということは、マスカランティは、わたしがあの若い犯罪者らを手荒に扱ったと、すぐ告げ口に行ったのですか」

「そうかもな、だが、そんなことはどうでもいい。マスカランティには、おまえさんがやることはすべて、報告にくる義務がある」ドゥーカは何も応えなかったが、カルアは穏やかだが凄みのある声で続けた。「子供らには髪の毛一本、触れなかったが、もっと酷いことをしたそうだな。あらゆる手で脅し、心理的に虐待した。人格を攻撃し、アニス酒まで撒いたとか」

ドゥーカは短く笑った。

「笑い事じゃないぞ」カルアは声を上げた。「おまえさんが尋問でアニス酒をどんなふうに使うか、司法のやつらに知られてみろ、おれたち二人がどうなるか見ものだぞ」

　ドゥーカはまた、一瞬だけニヤリとした。笑いというより、痙攣のようなものだ。

「ドゥーカ、疲れているな。ひと晩中、あの糞ガキどもに尋問していたんだろう。目が腫れて赤いぞ。家に帰って眠るんだ。二時間もすれば予審判事が来るから、お育ちのよい十一人は引き渡してしまえばいい。ベッカリーアにちょい、サン・ヴィットーレ（ミラノのサン・ヴィットーレ刑務所）にちょいと、ぶちこんでくれるさ。で、おれらの役目は終わり。ゆっくりしようや」

「都合のいいことで」

「今どき、不都合なのは気に入られないぞ。サルデーニャはおれの故郷だが、賊どもを捕える代わりに、分署長や巡査部長を逮捕している。おまえさんが堪忍袋の緒を切らして、糞ガキどもの誰かの歯を折ったからって、サン・ヴィットーレにぶち込まれるのはごめんだぜ」

「指一本、触れちゃいないよ」

「まあいい、気にするな」と、カルア。「家に帰って眠れ」

　ドゥーカは立ち上がり、近づいていく。そのまま見つめ合った。背の低いカルアと長身痩軀のドゥーカ。「あと数分、あの子らの話をさせてください。何かわかった気がするんです」

　しばらくしてから、カルアは応えた。「好きなだけ話せよ」

　立ったまま、ときにカルアを見つめ、ときに床に視線を落としながら、身ぶり手ぶりはなしに、直立不動で話した。「一般的に考えれば、あの子らは、ある夜、あの中の誰かが強い酒を持ちこんだために、思いがけず自制心を失い、あんなことをしでかした。この説を受け入れるなら、あの子らはせいぜい一年か二年の鑑別所送りでしょう。なぜなら、二つの点で情状酌量が認められるからです。一つは未成年であること、もう一つはアルコールによって責任能力の無い状態だったこと」

「そうかもな」カルアは突き放すように言った。「で、あいつらが何年食らおうが、それがどうしたと言うんだ。司法が考えることで、おまえさんには関わりはない。全員終身刑にでもしたいか、そうなんだろう?」

「全員じゃありません」

カルアは目を上げた。「誰を?」

「一人だけでいい」

「まだわかりません。だが、いずれわかる。時間をください。そうすれば、その子の名前と証拠を挙げてみせます」

大真面目で言っているのが、カルアにはわかった。ドゥーカの言うことにも一理ある。だが、やはり冷たく言い放った。「で、何がわかったんだ? おまえさんの前におれも尋問したが、何も出てこなかったぞ。どいつもこいつも人でなしばかり、それだけだ。おまえさんには何か、他にしゃべったのか?」

ドゥーカは首を振った。「いや、十人は、あなたに話したのと同じことしか言わなかった。つまり、すべて否定した。だが、一人だけ、それ以上のことを言いました」

「誰だ?」

「十六歳の、前科のない、善良な家庭の子です。名前はフィオレッロ・グラッシ」

「ああ、いたな。思い出したよ。その子が何を言ったんだ?」

「今のところ、同性愛者だと告白しました。あなたには言いませんでしたか?」

「いや、そんな高尚なことには気づかなかったよ」と、カルア。「だが、それが何の役に立つ?」

「若き女教師の虐殺に本当に加わらなかった子がいるのか、判断がつきました。あの子です。本当に脅されて、あの場に居させられ、立ち会うことを強いられた子がいるとすれば、あの子なんです」

カルアは考えこんだ。「そうかもしれない。だが、それがわかったからといって、何の役にも立たんぞ。その子の役に立つだけだ。同性愛者なら、強姦については無罪とみなされる可能性があるからな」

「われわれの役にも立ちます」ドゥーカが言った。「あの子が加わらなかったということは、他の子らと折り合いが悪いということだ。ということは、われわれに何か話してくれるかもしれない」

「なんで、おまえさんに話さなきゃならんのだ？」カルアは肩をすくめた。「好意を抱いてか？」苛立っていた。

ドゥーカは笑った。「あの子は、告げ口《スパイ》はしないと言いました。これがどういう意味かわかりますか？」

「告げ口はしないのが正解ということだろう」と、カルア。「告げ口をして、虐殺を始めたのが誰だったか言ったりすれば、告発した相手にベッカリーアで再会したとき、殺されるか、それより酷い目に遭わされるからな。初めて聞く話じゃない」

「ところが、あの子はしゃべる。そんな気がするんです。そうすれば、われわれの想像とはかけ離れた何かがわかるでしょう」

「何が？」

「いいですか、これはアルコールで荒れ狂った子供による単なる乱痴気騒ぎではないんです。この残虐非道な話の裏には、誰か大人がいる。むしろ計画的だったといってもいい」

カルアは黙っていたが、やがて「座ろう」と促した。「どういうことだ？」

「これは」ドゥーカも机の端にだが腰かけた。「子供らとは関わりのないことです。あの子らは悪党だし、もっと酷いことだってしかねない。だが、子供だけで、あれほどの虐殺を企てられるわけがありません」

「背後に誰かがいるという証拠は？」

「証拠はありません。ただの推測ですが、第一に、あいつらの防衛戦線です。少年らは女教師を強姦し虐殺した後、学校から出て、平気な顔で家に帰りました。わかりますか、子供らだけなら、手引きする者が誰もいないなら、あんな残虐な殺しをしでかせば、慌てて逃げようとするはずじゃないですか。女教師の死体が発見されれば、警察がまず自分たちを探しに家へ来ることぐらい、よくわかっているでしょう。それなら、なんであいつらは、平気で家に帰って寝ていたんです？　わたしに言わせれば、誰か事情通の者が、前もって指示していたからじゃないですか。つまり、犯罪を犯す前にということです」

カルアは考えた。個人的には、ドゥーカ・ランベルティが気に食わなかった。あいつは物事を深く考えすぎる。しがないスーパーの万引きすら、哲学の論文にしてしまいそうだ。カルアは白か黒か、外か内か、ハッキリさせることを好む。ホワイトヘッド哲学じゃあるまいし、細かいことには拘《こだわ》りたくなかった。だが、真実は受け入れる。それが、自分とは異なる、憎むべき拘《こだわ》りだらけのやり方で導きだされたものであっても。ドゥーカは真実への糸口を見つけたのだと思った。「おまえさんはこう言いたいんだな」噛んで含めるように言った。「あれは、アルコールで頭に血が上った子供らが偶発的に起こした事件ではなく、未成年でも生徒でもない学校外の人間が故意に企てたものだと。そういうことか?」

「そのとおり。まさにそういうことです」と、ドゥーカ。「すべてが準備されていた。鑑識風にいえば、犯行前に。おそらく何日も前から、何週間、何カ月も前からかもしれない。子供らの防衛戦線のことを考えてみればわかるでしょう。彼らは哀れな女教師をズタズタにした後、泥酔状態で学校から逃げ出した。真夜中過ぎには自宅で逮捕されている。なのに、酔いを覚まして尋問を受けたときには、全員が口を揃えて同じ答えをしました。何もしていない、やったのはすべて他の子たちで、その間、自分は隅の方に居させられた。つまり、一人ずつ、全員が無実だと言い張った。ばかげた防衛戦線だが、かといって崩すことはできない。尋問した少年が虐殺に加わったことを、どうやって証明できるでしょう? その子は『はい、他の子は有罪です、でも、ぼくは違います』としか言わないのに、証明などできはしない。こんな防衛戦線を、アニス酒でへべれけになっていたあの一ダース足らずの不良どもが、咄嗟に思いつけるはずもなく、犯行後、互いに示し合わせることもできたはずはない。この防衛戦線は犯行前、あの子らのような酔っぱらいではなく、もっと頭の切れる人間によって検討されていたのです」

珍しくカルアがうなずいた。「で、何をしたい?」

「少年らをここに留め置く必要があります。予審判事が、ベッカリーアにちょい、サン・ヴィットーレにちょいと、ぶちこんでしまえば、真実はわからなくなる。どの子も口を閉ざすでしょう。そうなれば、殺人者は、女教師を殺した真犯人は、処罰されることもない。それこそ、犯罪を企てた人間の思う壺です」

今度は、カルアは首を振った。「予審判事が、あの子らをベッカリーアかサン・ヴィットーレに送致するのを止めるには、どうすればいい？」

「わかりません。でも、子供らをこの署内に、われわれの手の内に留め置く必要がある。二、三日内には、まちがいなく誰かがしゃべるでしょう。判事にとっては、子供らがベッカリーアにいようがここにいようが、大差ないのでは？」

「なあ、おまえさんも聞いたことはあると思うが、刑法の法規ってものがあるらしいぞ」

ドゥーカは笑った。「ええ、聞いたことはあります。ですが、大事なのは、罪を犯した者を見つけだすことでしょう」

「議論はおいておこう」カルアは立ち上がった。「予審判事を説得できるとは思えないが、まあやってみるさ。三日間の勾留延長を申請するが、それで足りるか？」

「たぶん」

「うまくいったら知らせる。さあ、家に帰って寝ろ。顔色が悪いぞ」

「ありがとうございます」

カルアが出て行くと、ドゥーカは背広をはおってオフィスを出た。タクシーを拾い、家に向かう。春のような陽気だった。霧の立ちこめたありえない春。だが、霧は透明で、陽の光を通し、光によって燃え上がっている。道は最長でも五、六メートル先しか見通せないが、見えるところには陽の光が溢れていた。レオナルド・ダ・ヴィンチ広場はまだ濃い霧の中にある。それでも、輝きを増した陽光で、広場に植わった樹木の先は眩しくて見えなかった。

呼び鈴を鳴らした。誰も応えず、開けにも来てくれない。しかたなく鍵でドア開けたが、玄関脇の小部屋を見ると、家に誰もいないのがわかった。無人の家というのは、胸騒ぎがするものだ。まちがいであって欲しいと思いながら、三つの部屋と台所からなる小さなアパートをひとまわりした。誰もいないばかりか、妹のロレンツァの部屋は散らかったまま――小さなサラのベッドは横向きになり、皮下注射の容器が床にひっくり返っていた――で、慌てて逃げるように家を出ていったのがわかった。さらに、小部屋では受話器がフックにもどされておらず、ツー、ツー、ツーという執拗な発信音が聞こえていた。何があったかは想像に難くない。赤ん坊の容体が急変し、病院へ救急搬送したのだろう。

ドゥーカは受話器を取り、フックに収めた。それから、一瞬考えた。まちがいなどあるはずがない。赤ん坊の容体が急激に悪くなり、リヴィアとロレンツァが救急車を呼んで、病院に連れて行ったのだ。行き先は友人の小児科医、ジジの働いているファーテベーネフラテッリ病院しかありえない。考えながら、病院の番号をダイヤルし、ジジを呼び出した。

「わかりました、ランベルティ先生」交換手が愛想よく言った。「すぐ回します」

「ありがとう」待っていると「もしもし」というジジの声がしたので、すぐ尋ねた。「何が起こったんだ？」

「聞いてくれ……」

「聞いているさ！」ドゥーカはほとんど怒鳴り声になっていた。「ちゃんと聞いている、何が起こったんだ？」

「どこにいる、警察署か？」

「どこにいようが、関係ないだろう」ドゥーカは叫んだ。「何が起こったかと訊いているんだ」

「じゃあ、言うが」その声は、どんどん掠れていく。「今朝、八時前に病院に運ばなければならなくなった。虚脱状態だった」一息入れてから言う。「搬送中に亡くなった」

ドゥーカは何も言わなかった。ジジも一分近く黙りこみ、「もしもし、聞こえているか？」とすら言わない。聞こえているのはよくわかっていた。

やがてジジが言った。「十万に一回、こういうことがある。起こってしまうんだ」それから、虚脱状態の詳細について専門的な話に入った。医師であるドゥーカは熱心に聞いていたが、やがて、誰のせいでもないことがわかった。ただ、起こってしまったのだ。雪崩のようなもので、予測などできない。今どき、肺炎で死ぬことなどないのだが、十万に一つの例外がある。それがサラだった。小さなサラ、ロレンツァの娘は、その十万分の一に当たってしまった。

「手を尽くしてくれて、ありがとう」と、ドゥーカ。「すぐに行くから」

「ああ、その方がいい」と、ジジ。「ロレンツァの具合が良くないんだ」

「すぐ行くよ」ドゥーカは受話器を置いた。頭では、葬儀屋を探して教区司祭と話し、花の用意をして、と愚かしく考えたが、心がそれを拒絶した。床を見ると、小さなサラのニット靴が落ちている。病院に急いで運んだとき、虚脱状態の赤ん坊の足から脱げたが、誰もが動揺していて気づかず、置き去りになったのだ。身をかがめて拾おうとしたとき、電話が鳴った。すぐ出ようとはせず、役に立たなくなった靴を拾い上げて、ズボンのポケットに入れた。それから、鳴り続ける電話の受話器を取った。「もしもし」

「ランベルティ先生ですか？　マスカランティです」

「何の用だ？」

「何かあったら電話するようにとおっしゃったので」

「急いでくれ。用事は何だ？」

「あの子が、あの普通ではない子ですが」

「ああ、それで？　フィオレッロ・グラッシのことだろ」気が立っている自覚はあったが、自分を抑えることができなかった。

「そうです、あの子です」マスカランティは、ドゥーカの不機嫌な声に怖じ気づいていた。「あの子が、先生と至急、話したいそうです。すぐにと言っていました。わたしが会ってみましたが、先生と話したい、先生にしか言わない、とのことです」

ドゥーカは、ポケットの中のニット靴の感触を確かめつつ、耳ではマスカランティの声を聴いていた。少年が話したがっている。自分が言ったことを、少年は独房で考え直し、今から「告げ口《スパイ》をする」という。つまり、真実が明らかになるのだ。

「よし、わかった」マスカランティに言う。「あの子をすぐ、独房から出してくれ。わたしのオフィスに連れていって、飲み物か食べ物を出してやるんだ。わたしはすぐ来ると伝えてくれ、時間にしてほんの……」言葉に詰まった。あれだけ精神分析を学んでおきながら、感情が昂ぶると俗に言う思考回路が止まることも知らなかった。

精神分析は知らないマスカランティも、察したのだろう、助け船を出した。「わかりました。ご安心ください。すぐ独房から出して、先生が来られるまでオフィスで待たせます」

「ありがとう」直ちに署に行き、少年と話をしよう。妹と赤ん坊に会うのに十五分。それ以上、時間はかけられない。

第三部

子供は親には決して何も話さない。友達とだけ話し、バールや通りで会った初対面の者には洗いざらい告白するのに、父親にも母親にも一切、打ち明け話はしない。

1

十五分以上はかけられない。ファーテベーネフラテッリ病院にタクシーで乗り付け、サラ・ランベルティという——未婚の母の姓で呼ばれる——赤ん坊はどこかと訊く時間。遺体が安置された小児科病棟の小部屋まで駆け上がる時間。赤ん坊はきちんとベッドに寝かされていた。肘掛け椅子に座った未婚の母はもう泣きもせず、微睡《まどろ》んでいる。しかし、それは処方された鎮静剤のせいで、ドゥーカが額を撫でると薄目を開けたが、すぐにまた閉じ、もう一度開けた目は涙で腫れていた。そばにはリヴィア・ウッサロが立ち、こちらを見つめている。その顔は、真冬でも日焼けして見えるが、浅黒いのはファンデーションの色で、整形手術を繰りかえした後も顔中無数に残った傷痕を隠すための、いじらしい努力だった。ベッド脇のナイトテーブルには、白薔薇の大きな花束が飾られ、花の香りにつつまれた赤ん坊は、最期のねんねをしている。

ドゥーカ・ランベルティは身をかがめ、赤ん坊の額に口づけた。体はまだ冷えきっていない。医師らしく確かめてから、ほんのり紫がかった青白い頬を優しく撫で、心の中で呟いた。「さよなら、サラ」

十五分以上はかけられない。ロレンツァを抱きしめる時間。しゃくり上げが止まるまで腕にきつく抱いて放さなかったが、妹はほどなくまた肘掛け椅子に埋もれ、ジジの与えた鎮静剤の微睡みに沈んでいった。

ほんの一瞬、リヴィアとともに部屋を出て、看護婦や医師や雑務係が行きかう廊下で話す時間。

「リヴィア、わたしはすぐ署にもどる。仕事を投げだすわけにはいかないんだ。ロレンツァのそばにいてやって、必要なことをすべてやってくれないか。ときどき電話を入れるから。こうするしかないんだよ」

リヴィアは冷ややかなのに情感のこもった目と、切り傷だらけの険しい顔で、ドゥーカを見つめた。「いいから、行って。ロレンツァのことは任せて」手をそっと伸ばし、髭だらけの頬を撫でた。「心配しないで、全部やっておくから」

「ありがとう」

十五分以上はかけられない。あと三分、ファーテベーネフラテッリ病院から署まで行って、オフィスへと駆け上がる時間。ベッドで硬く横たわる赤ん坊を思いながら息を切らし、ドアを開ければ、見張りとマスカランティがいて、隅の方には、自分とすぐ話したいというゲイの少年、フィオレッロ・グラッシが座っている。

2

少年はデスク代わりの机の前に腰かけ、あきらかにむっとしていた。目は見開き、唇を絶えず舐め、膝に置いた片手は膝頭を握っているのに震えている。

ドゥーカ・ランベルティは机の向かいには座らず、椅子を持ってきて、少年のそばに座った。「落ち着きがないな」声をかけた。「話す気になれないなら、それでいいぞ。したいようにすればいい。無理強いはしない。われわれ警察でも、ベッカリーアでも、裁判でも、誰も何も無理にさせることはない。話したければ話せばいいし、嫌なら話さなくていいんだよ」ドゥーカはいつもなら同性愛者に対して、とりわけこんな若い子の場合、嫌悪感を抱くのに、なぜだかこの子は不憫に思えた。

「ぼくは何もしてません」そう言うと、フィオレッロ・グラッシは突然、ドゥーカに身を投げだし、両手で肩にすがりついて激しくむせび泣いた。「ぼくは何もしてません」

ゲイの少年にくっつかれるのは、あまりいい気分ではなかったが、心の底から湧きだしたような涙に打たれ、我慢していた。「わかったよ。何もしなかったんだな、わたしは信じるよ、見ていてごらん、判事も信じてくれるから。おまえはいい子だ、悪いことなんかできるわけがない、わたしにはわかるよ」

「ぼくは何もしてません」少年はまだすすり泣いていたが、ドゥーカの優しい言葉で嗚咽は少し収まった。体を離し、泣きながら言う。「だけど、ぼく知ってます。誰のせいか。ぜんぶあの女《ひと》のせいなんだ」

ドゥーカは考えこんだ。少年がハッキリ言ったからだ。「あいつ」ではなく、「あの女《ひと》」。言いまちがえではない、少年は級友の誰かとは明らかに異なる、女性とおぼしき存在を仄めかした。「その女《ひと》が誰か話してくれれば、とても助かるんだがな」親しげに言った。

「いやだ、言わない。もうしゃべりすぎた」少年はもう泣いていなかったが、両手はまだ震えている。

「言うぐらいなら死ぬ」

「女なんだな?」ドゥーカは訊いた。

「いや、女だなんて、言ってない」また泣きだし、ひきつけたように言う。「ぼくは臆病者だ、密告者《スパイ》なんだ。そうだよ、女だ、女だ、女だよ。でも、これ以上は言わない」叫び声を上げ、座ったまま暴れたので、ドゥーカが押さえた。ヒステリーの発作だった。

「そんなに叫ぶな、落ち着きなさい」涙の筋が付いた頬を撫でてやる。

ゲイの少年は、頬の愛撫に反応し、声を落とした。「わかった、叫ばない。でも、もう何も言わない。もう何も言わせないで。じゃないと、すぐに壁に頭を打ちつけて死んでやる」

ドゥーカはまた頬を撫でてやった。少年にすべてを白状させる方法はいくらでもあった。他の子たち同様、逐一ではないにせよ、この子が多くを知っているのは明らかだ。司法のため、合法的な方法を用いて話させる権利はある。それに、恥ずべき密告をしたと思いこんだ少年が、独房にもどったとたん壁に頭を打ちつけたとしても、たいした損失ではない。女教師虐殺事件に巻きこまれたゲイボーイを失ったからといって、この社会は破綻しはしない。だが、ドゥーカは苦い衝動を押さえ、慈しむように言った。「落ち着きなさいと言っただろう。もう何も訊かないし、何も知りたくないよ」再び髪を優しく撫でながら、心底不憫に思った。

「今、医務室に行かせてやるから。少し休んで、落ち着かないとな。手当もしてもらいなさい。安心していい、もう誰も何も訊かないから」告白させようとすれば、少年は自殺してしまうに違いない。死んで欲しくはなかった。この子は普通ではないが、犯罪者でもないのだから。

「みんなと同じところに入れないで」少年は呻くように言った。「ぼくが女のせいだと言ったのがばれたら、殺される。先生よりもっと酷いことされちゃう」

「心配するな、守ってやるから」ドゥーカは約束した。少年はその言葉を信じて、涙をぬぐった。疲れきっていたが、もう怯えてはいない。

「医務室に連れて行ってくれ」マスカランティに言った。「わたしが言うまで、他の子といっしょにはさせないように」

「わかりました」

少年はマスカランティと見張りに伴われて出ていった。ドゥーカは一人、狭いオフィスに残った。もう、霧はほとんど晴れ、窓からは、ジャルディーニ通りの樹木や鮮やかなゾーツをはいた女たちが、ピンぼけながらもはっきり見えた。これでやっと、ロレンツァのために時間がとれる。さほどゆっくりはしていられないが。

ファーテベーネフラテッリ病院にもどった。小部屋にはまだ、顎の下に涎掛けをした小さなサラがいた。薬を飲ませるとき、口がなかなか開かなかったのだろう。ベッドのそばには、まだ妹も座っていたし、窓ぎわにはリヴィア・ウッサロも立っていた。ドゥーカはだまって、ロレンツァのそばに座った。何も言うことがなく、誰も何もしゃべらなかった。ただ、ドアの外から、シスターが叫ぶ声が聞こえていた。「ほんとにもう、手は二本しかないんだから、何もかもできませんよ」

3

「女でした」と、ドゥーカ。

カルアが言う。「なんで、わかる？」

「子供らの一人が言ったから」

「誰だ？」

「あの、十六歳の、女は好まない子です」

「あの、医務室に一週間も置いている子か」カルアは怒りだした。「覚えておいてくれ、ここはミラノ警察で、慈善団体の救護所じゃないんだ」声を低め、怒鳴りちらす。「しゃべったことがばれて、あの子が他の子に殴られようが、そんなことはどうでもいい。とにかく、くだらん連中と、このやっかいな事件から、おれを解放してくれ」

ドゥーカはどっと疲れて、静かに言った。「あの子らを虐殺に駆り立てたのが誰か、知りたくないんですか？」

「ああ、知りたくないね。それより重要な事件がたくさんあるんだ。このミラノでは毎日のように、強盗やら、銃撃やら、殺人やらが起こるんだぞ。そっちがもっと緊急なんだ」

ドゥーカはカルアの気が静まるのを待って言った。「すべてをお膳立てした女がいなかったら、あの子らは何もしやしなかった。この女が誰なのか、知りたいんです」

「おれは知りたくないね。どうでもいいことだ」カルアは乱暴に言い放った。「女教師はあの不良たちに強姦され、殺された。操った者がいるなら、裁判で、いやもっと前かもしれんが、明るみに出るさ。そいつを捜し出すために、おまえさんが何もする必要はない。裁判まで何カ月もかかるんだ。見ていろ、この何カ月もの間に、あいつらはやがて口を割る。操ったのは誰か、白状するさ」カルアは肩をすくめた。「われわれの仕事は、それでなくても複雑なんだ。話をややこしくするなよ」

ドゥーカはそのとおりだと思った。骨を折る必要はない。真実はひとりでに浮かび上がる。しゃかりきになることはないのだ。何カ月も刑務所か鑑別所に閉じこめられていれば、少年らは口を割るだろう。カルアは正しかった。それでも言う。「女が誰なのか、すぐ知りたいんです」

「なんだ、好奇心か?」カルアは苛ついていた。「わかったよ、おまえさんは、ただ好奇心から、警官をやっているんだな」背広を脱ぐ。このオフィスは暖房が効きすぎていた。それから、真剣な声で言った。「あの子らをこれ以上、署には置いておけない。職権乱用だと。裁判所から電話で通告されたんだ」

「そうですか、わかりました」と、ドゥーカ。「あの子らを司法の手に委ねてください。ですが、判事には、フィオレッロ・グラッシをしっかり見張るよう伝えてくれませんか。でないと、他の子らに殺されるか、自殺してしまう」

カルアはうなずき、それから言った。「女だと確信がもてるのは、なぜだ? 十六歳の子の言うことだぞ。あの手の子は十六年間で、おれが五十数年でついたより、遥かに多くの嘘をついているぞ。真に受けすぎじゃないか」

「あの子が言ったからだけじゃない」ドゥーカは言った。「わたしも、そんな気がしていたんです」

「どうして、そう思った?」

「過度のヒステリーと、犯罪の理不尽さから」

「何だそりゃ? おれはインテリじゃないからな、過度のヒステリーってのは何だ?」カルアはからかうような目をした。「なら、適度なヒステリーもあるのか?」

「こういうことです」ドゥーカは正確に言った。「あなたは男で、ヒステリーではないから、誰かが憎くて殺したいと思えば、その人物のところへ行って、弾をぶち込むだけでしょう。法は犯すが、理性的に行動する。つまり、憎いから、その結果として撃つ。だが、女のヒステリーは違う。女のヒステリーも憎むが、憎しみの感情を間接的に癒そうとする。自分の身を危険にさらすことなく、できる限り徹底的にやりとげるんです。ヒステリーの女は、憎んだ相手が単に死ぬだけではもの足りず、苦悶の果ての劇的な死を望む。ヒステリー女は芝居じみて《ヒストリオニック》いるんです。《ヒステリック》と《芝居じみた《ヒストリオニック》》の語源をご存じですか? ご存じのはずだが、憶えていないのでしょう。女性特有の臓器を意味するギリシャ語のhysterikos《ヒュステリコス》(子宮の、または子宮の痛みの意)とサンスクリット語のusteraに由来するんです」

「ふむ、わかったような気がする。それで?」

「女性特有の臓器と言いましたが」ドゥーカは続けた。「言語学者によれば《芝居じみた《ヒストリオニック》》も、同じ臓器に由来するそうです。つまり、女は殺したいと思うと、単なる殺人ではなく、悲劇に仕立てる。夜間校で起きた事件は、ぞっとする凄惨な死の舞台だったが、あまりに芝居がかっていた。それでわたしも、この血なまぐさい演目の監督は、女ではないかと思ったのです。もしくは……」

カルアは冷ややかに遮った。「もしくは?」能書きは少ない方がいい。

「もしくは、見かけは男だが、実は男ではない者……」

二人で目を会わせた後、カルアは視線を落とした。「おまえさんが目をかけているあの子、フィオレッロ・グラッシが、まさにそれじゃないか。見かけは男だが、実は男ではない」

「あの子のことも、考えました」ドゥーカは言う。「同性愛者に驚かされることは無数にありますからね。だが、可能性は低いし、塀の中にいるあの子がもし首謀者なら、これから好きなだけ面会できる。だから、今は女を捜しておきたいんです。逃げてしまう前に」ドゥーカの顔は、秘めた怒りで青ざめていた。「その女を引きずり出し、長い供述調書でくるんでやりたい。こんな化け物がいなければ、くだらない連中とはいえ、あの子らはあそこまでの暴挙に走ることはなかったはずです。学校の教室で、さして魅力的とも思えない女教師を襲うはずもなかった。ロレート広場からランブロ公園まで、捕まる危険など冒さず馬鹿騒ぎができる場所は、いくらでもあるんですから。人間の顔を被った化け物を探させてください。探させてくれれば、見つけてここに引きずり出してやりますから。こんな凶暴な化け物が、大手を振って歩いているなんて、おかしいですよ」

カルアは、ドゥーカが言葉を刻み込むように、ひらいた手で机を一回、二回、三回、四回、と叩くのを見ていた。なぜドゥーカが――ドゥーカの父親もだが――あれほど公正とか正義に拘《こだわ》るのか、そんなごたごたにかかずらって、もう十分ややこしい人生を難しくしたがるのか、実はわからなかった。ただ、わかっていたのは、ありのままのドゥーカを受け入れるしかなく、変えることは不可能だということだ。

「もちろん、女は捜させてやるが」疲れて嫌味たっぷりに言った。「法権力を代表していることだけは覚えておけよ」にやりと笑った。「それに司法もだ。二人とも首が飛ぶような問題を起こすんじゃゃないぞ」

「ありがとうございます」と、ドゥーカ。「車も必要なのですが」

「マスカランティに言ってくれ」

「ありがとうございます。運転は好きじゃないので、運転手もいるのですが」

「運転はマスカランティがするだろう。この間みたいに」

「今回はマスカランティではまずいんです。女を捜しに行くには、運転もできる女の助手がいる方がいい。リヴィア・ウッサロに頼みたいと思うのですが」

カルアは赤いサスペンダーで吊ったズボンをちょいと引っ張り上げた。「おまえさんのせいで、もう顔中、傷だらけなんだぞ。この上、別の災難に巻きこみたいのか」

「いや、彼女好みの仕事なのです。もう話はしてあって、やると言っています」

「誰でも好きなやつに運転させればいいさ。だが、公式には、捜査をするのはおまえさんだけだぞ」

「ありがとうございます」ドアの方へ二歩、歩いたところで、カルアに呼びとめられた。荒っぽく辛辣な警察幹部とは思えない、まったく違う声だ。

「ロレンツァはどうだ?」

「よくないです」ちょっと振り返って言った。赤ん坊の葬式からまだ二日しか経っていないのだ。元気なはずはなかった。

「近いうちに会いに行きたいんだが」と、カルア。

「お好きなときにどうぞ、いつも家にいますから」

「ありがとう」

4

ドゥーカは部屋を出て、マスカランティを探しに行った。マスカランティはすぐに黒い大型車、フィアット２３００を見つけてくれた。ドゥーカはハンドルを握り、署を後にして、凍てつく快晴の朝に出ていった。寒くなければ春かと思うほど、陽射しの溢れた日だ。渋滞にむかつきながらのろのろ運転し、まずジャルディーニ通りのクローチェ・ロッサ通りとの曲がり角で、歩道に駐車した。熱心なお巡りに罰金を科されないよう、フロントガラスにはPOLIZIA《警察》と表示してある。スポーツ用品店ラヴィッツァに入り、警察手帳を見せて、自動拳銃ベレッタＢ１を出してもらった。ベレッタＢ１は女性用の厚みのないリボルバーで、褪せたブロンズ色のエレガントな銃だ。銃とともに弾倉も二箱受けとると、ドゥーカは車にもどり、レオナルド・ダ・ヴィンチ広場まで運転していった。広場の樹木の周りは土が凍っている。帽子も外套もなく、頭がスポーツ刈りでは、少し寒かった。

「まあ、何て顔してるの、寒いんでしょう」ドアを開けてくれたリヴィアが言った。「帽子ぐらい被ればいいのに」

ドアを閉めた。「ロレンツァは？」

「キッチンよ。いっしょに作業していたの」リヴィアはロレンツァに聞こえないよう、声をひそめた。小さなアパートだから、キッチンは玄関脇の小部屋のすぐ先にある。「きのう、赤ちゃんの物を全部洗って、今朝には乾いていたから、アイロンをかけて片づけているの。もう、孤児院に電話したのよ。とても綺麗だから、喜んで引き取ってくれるって」

ドゥーカは何も応えず、キッチンに入った。ロレンツァは白い縁取りのあるピンクのスモックにアイロンをかけていた。椅子の上には大きな段ボール箱があって、アイロンの終わった衣類がきちんと整理して、ぎっしり詰められていた。テーブルの反対側には、これからアイロンをかける衣類の山ができている。ゼロ歳から二歳二カ月と十四日まで、小さなサラが使っていた物だ。

「チャオ、ドゥーカ」と、ロレンツァ。

妹の肩に手をかけ、それからタバコに火を点ける。アイロンの蒸気の匂いと、小さな衣類から発散される生暖かい洗剤の香りを吸いこみながら、上座に座った。

「ロレンツァがアイロン、わたしは繕い物よ」リヴィアも座ると、Tシャツを一枚、手にとって、ほころびはないかと調べはじめた。

「ドゥーカ、タバコを一本、ちょうだい」ロレンツァが、アイロンをかけ終わったスモックを箱に収めながら言った。

顔は見ないようにしてタバコを渡し、火を点けてやる。見なくても、娘の死による引き裂かれたような苦悩が刻まれているのはわかっていた。

「わたしにも、一本」と、リヴィア。

ロレンツァは、衣類の山から山吹色の小さなつなぎを引っ張り出した。夏のパジャマ用にしていたもので、胸のところに茶色い大きなミッキーマウスがプリントされている。ドゥーカは女二人を見ていたが、やがて言った。「リヴィアとちょっと散歩に出てくるけど、何か買ってくる物はないか?」

「そうね」ロレンツァが言った。頭を低くして、サラがいっしょに笑ったり遊んだりしていたミッキーマウスをそっと押さえ、服の上から撫でている。「モスタルダ（マスタードで風味を付けた果物のシロップ漬け）」

ドゥーカが言う。「マスタードじゃなくて、果物のだな?」

「そうよ、果物のモスタルダ。サクランボとイチジクのがあったら。それが好きなの」

「ああ、すごくおいしいモスタルダがある店、わたし知ってるわ」リヴィアが言った。もう何日もロレンツァが何も食べていないのを、ずっとそばにいて知っていた。ロレンツァの健康な本能が、このまま衰弱死に至らぬよう、好物で食欲を呼び覚まし、苦しみの淵から生還させようとしている。

「すぐ買ってくるから」ドゥーカが言った。立ち上がって、タバコを蛇口の流水で消し、吸い殻を生ゴミのバケツに捨てたが、その後すぐ、ほとんど無意識に、また次のタバコに火を点けた。

ロレンツァは、山吹色のつなぎを段ボール箱に収めた。「急がなくていいから、まず二人で散歩でもしてらっしゃい」顔を上げ、二人に向かって微笑んだ。それから、またうつむいて、別の衣類を探りはじめた。

ドゥーカとリヴィアは家を出て、リヴィアがフィアット2300のハンドルを握った。「ヴィトゥルヴィオ通りに、とっても美味しい食料品店があるのよ」

ドゥーカはうなずいた。その店で、リヴィアはモスタルダを二百グラムと、焼きたてで熱々のマカロニグラタンもたっぷり一パック、詰めてもらった。「それも食べると思うのか?」

「モスタルダの後ならね」

レオナルド・ダ・ヴィンチ広場にもどると、ドゥーカは車に残り、包みを抱えたリヴィアはロレンツァの元へ飛ぶように上がっていく。人生で何が起ころうと、人は食べなければならない。そして、すぐにもどってきて、またハンドルを握った。「どこに行くの?」

ドゥーカはうなずいた。「まず、これを受けとってくれ」

「わたし、武器なんか持たないわ」と、リヴィア。

「そう言うと思ったよ」と、ドゥーカ。「それなら、降りて一人でどこへでも行ってくれ」

「それ、脅しじゃない」

「そうだ、脅しだ。このリボルバーを持つか、降りるか」

「武器なんて持ったことがないのよ。なぜ、今、持たなくちゃならないの?」

「わたしがそう言うからだ。嫌なら、降りてくれ」

リヴィアはむっとしてドゥーカを見つめた。その目には、嫌悪感というより、絶望の色が浮かんでいた。「横暴だわ、こんなやり方で服従させるなんて、まるで奴隷じゃない」

「もういい、哲学的な話は後にしよう。さあ、このリボルバーをよく見て。怖がらなくていい、弾は入っていないから」

「なぜ、怖がっていると思うの?」寒い朝の情け容赦ない太陽が、地を掠める光で顔の傷痕を残酷に浮かび上がらせていた。それにしても、やはり鋭いところを衝いてくる。難しい女だ。

「すまない、きみの言うとおりだ。言い方をまちがえた。言いたかったのは、怖がる必要はないということではなく、弾は入っていないから、扱いに気を付ける必要はないということだ。とはいえ、弾の込め方は教えておく必要がある」ドゥーカは背広のポケットから、弾倉の箱を一つ取りだした。

「見てごらん、簡単だから。この小さいレバーを引いて。そう、そこだ」

リヴィアは引いた。筒状の穴がいくつも開いた軸、つまり弾倉が出てきた。

「これを取りはずす」説明するドゥーカ。「ほら、空の弾倉だ。そして、こっちを入れる。こっちは弾の詰まった弾倉だ。見てごらん、こうやって」

リヴィアは注意深く見ていた。

「今度はきみが、このとおりやってごらん」

「はい」そっけない返事。弾の入った弾倉を取りはずし、空の方を入れて奥まで押すと、それを引っぱって、再び空の弾倉を抜き、弾入りの方を入れた。「これでいいの?」

「ああ、上出来だ。だが、今度は安全装置に気を付けて」と、ドゥーカ。「ほら、ここ。この線の入ったつまみを、赤い線が隠れるまでグッと奥まで押す。赤い線が見えているときは、気を付けないと暴発するから、引き金だけをしっかり見て」

リヴィアはつまみを押しこんだ。「こう?」

「ああ、そうだ。これで出かけられる」

「どこへ行くの?」

「その前に、ベレッタと弾倉をバッグにしまって」ドゥーカは促した。「それから、約束してくれ。このリボルバーをいつも持っていると、そして、身の危険を感じたら、怖がらずに使うと」

リヴィアはドゥーカを見た。教師が少し変わった生徒を見るような目だ。「なぜ、そんな言い方をするの?」

「わたしの仕事に加わって欲しいから、きみが自分で身を守れるように。不戦論を唱えるなら、一人でやるからいいよ」彼女が切りつけられたあのときも、武器を渡していれば、攻撃をかわすことができき、助かったかもしれない。あんなことはくりかえしたくなかった。

すると、リヴィア・ウッサロは迷うことなく、言われたとおりベレッタB1と弾倉をバッグにしまい、もう一度訊いた。「どこへ行くの?」

「ジェネラル・ファラ通りだ。中央駅に向かってくれ、あとはわたしが道を教えるから」

リヴィアはエンジンを静かに始動し、巧みに運転した。「誰を訪ねるの?」

「ある父親だ」

5

ドゥーカ個人としては、罪人や悪党にも親がいるのが気に入らなかった。抽象的、形而上学的な意味では、子が犯罪者なら、両親にも少し責任がある。実際には、遺伝的資質だけが原因ではなく、人は環境によっても犯罪者になるため、親の責任はさほど重くない。だが、これだけは確かだ。子がどんなふうに育ったかに関して、母親か父親のどちらかに、あるいは両方ともに、まったく責任がないケースはありえない。

「何それ、ある父親って?」運転しながらリヴィアは訊いた。

「わたしが数日前に尋問した、例の十一人の子供らのうちの一人の父親だ」ドゥーカは説明した。もう一度、あのバインダーの書類に、漠然と「善良な両親」と書かれていた父親――フェデリコ・デッランジェレットの父――について思いを巡らせた。といっても、ドゥーカ・ランベルティは、あんなとってつけたような定義付けは信用していない。身元の欄にあった「善良な両親」には、母親も含まれるのか? 「善良」という形容詞には重みがある。誰かをこの形容詞で定義する前には、少し詳しく調べる必要があるのではないか。「そこで、ガルヴァーニ通りに入って、二つめの通りを左に曲がれば、ジェネラル・ファァラ通りだ」

両親への尋問はあまり当てにしていなかった。しても無駄になるかもしれないが、少年に関する記述の中で、気になったことがあった。フェデリコ・デッランジェレットはアル中一歩手前と記されていた。十八歳でそれは、穏やかでない。この若さでアル中なら、原因は親にありそうだが、親は「善良」と定義されている。アル中でも極めて善良な人物はいるだろうが、情報が誤っていない限り、カルアのような役人がそれを「善良な両親」と定義することはない。「父親はアル中」と書くはずだ。これがドゥーカの考えだった。

「ここがジェネラル・ファラ通りだ。あの八百屋のそばの門のところに停めて、わたしといっしょに降りてくれ」

　地下貯蔵庫の匂いのする門をくぐると、あるのは古い家ばかりで、数年もたてばひとりでに崩れてしまいそうだ。都市計画で運命が決められているため、誰も改築など考えないのだろう。まさに旧き貧しき生粋のミラノで、「トラーニ」と呼ばれる昔ながらの安酒場も二軒ある。店内は、緑の羅紗の賭博台がプラスティック張りに変わったぐらいで、今も、ポルタ（カルロ・ポルタ（1776～1821）。ミラノ方言を用いて社会や貧民の生活を描写した詩人）の時代同様、酔客が突っ伏して眠りこけ、近くのファビオ・フィルツィ通りやヴィットール・ピサーニ通りで営業を終えた年増の売春婦も、気晴らしの一杯をやりにくる。サン・ジョアッキーモ教会の前では、親切だが足が弱って疲れた花売りが、パラソルの下、プラガ（詩人のエミリオ・プラガ）、ロヴァーティ（作家のジュゼッペ・ロヴァーティ）、ボイト（詩人、作曲家、オペラ脚本家のアッリーゴ・ボイト）らが活躍した蓬髪主義《スカピッリャトゥーラ》（十九世紀後半ミラノを中心に展開された前衛的文芸運動）の時代と同じスタイルで花を売っている。通りに数珠つなぎになった路上駐車の列も、この混じり気のない下町情緒を損なってはいない。よそ者はドゥーカたちの方だった。

「デッランジェレットさんのお宅は」ドゥーカは門番部屋の女に声をかけた。刺激臭のする石炭ストーブで温もった小部屋には、アメリカ製のキッチン機器やラジオを載せたテレビ、冷蔵庫などがぎっしり置いてあり、太めの女は窮屈そうに椅子に腰かけている。

「四階、右の階段だよ」憎しみもないが温もりもない眼差しは、潜在する敵を見るようだ。隣人たちをみな、いつもこんな目で見ているのだろう。

四階では、背の高いやつれた女がドアを開け、先ほどの女と同じような目で二人を見た。近所付き合いはあまりない地区のようだ。ドゥーカが言った。「デッランジェレットさんは」

「いませんよ」棘のある高圧的な声だ。

「奥様ですか?」

「そうですが、なぜ?」敵意を隠そうともせず、憎々しげにリヴィアを見た。

ドゥーカは警察手帳を見せた。「ご主人とお話ししたいのですが」

手帳を見ると、デッランジェレット夫人は怖じ気づき、声に力が無くなった。「ちょっと、この下の居酒屋に行っていて」

「この下の居酒屋ですね?」

「はい」

「では、ごきげんよう、奥さん」

女は急に声を和らげ、切なそうに呼びとめた。「息子は、どうなるんでしょう?」

「裁判になります」

「息子に会われましたか?」

「ええ」

「殴ったんですか?」女の顔は、今にも泣き出しそうに震えていた。

「いいえ、殴ったりしていません」ドゥーカは言った。「タバコを与え、風呂に入らせました。その必要があったからです」

階段からいやな匂いの漂ってくる薄暗い戸口で、女は泣き出した。「あたし、あたし、あたしだって」それから気を取りなおし、食ってかかった。「知っていますよ、あの子が悪党だって。でも、殴ることはないでしょ」

「落ち着いてください、奥さん。誰も手を出したりしませんよ」

居酒屋は門のすぐそばにあった。入っていくと湿ったおが屑の匂いがしたが、不快ではなかった。四、五人の男たちが、胸の大きな女を囲んで、テーブルを二つ占拠していた。もう一つのテーブルには赤ワインのグラスを持った男が一人で座り、じっと前を見ていた。誰もが小声で話し、居酒屋だというのに妙な静けさと寂寥感が漂っていた。

「デッランジェレットさんは、ここにいらっしゃいますか?」ドゥーカが訊いた。

「誰って?」カウンターの後ろにいた、若いが疲れた娘が言った。

「アントニオ・デッランジェレットさん」

「ああ、トーニね」と、娘。「あそこに、一人で座っている人よ」同情するように愛想笑いを浮かべた。「さん付けで呼ぶなんて」と思っているようだ。

「警察です」一人で飲んでいる男のテーブルに腰かけ、反対側の椅子に座るよう、リヴィアにめくばせした。

男は虚空を見つめるのをやめてドゥーカの方を向き、それからリヴィアの顔を見た。手帳を見せる必要はなかった。「息子のことですか?」

「ええ」とドゥーカ。「一つだけ質問がありまして。お答えいただけると思いますが」

「息子には、もう興味がありません」アントニオ・デッランジェレットは言った。その態度にはどこか気品があり、言葉には独特の癖があった。おそらく、かなり飲んでいるのだろうが、それでも、品の良さは失っていなかった。息子が夜間校でしたことを考えれば、酒量が増えてもおかしくはない。

「こちらは興味があるのでね」ドゥーカが応えた。「息子さんに女性の友人がいなかったか、知りたいのです。同年代のではなく、年上の女性の友人ですが」

孤高の酒飲みは、赤紫色のワインを一口飲んだ。「何も知りません。息子はわたしに何も話したことはないし、こちらから訊くような時間もなかった。それに、息子というのは、父親にも母親にも話などしません。友達とか、バールで会った初対面の者には話すかもしれないが、父親や母親には話しません」また一点を見つめるような目をした。

そのとき、カルアがなぜ「善良な両親」と書かせたのか、ドゥーカにはわかった。この男は、本当に善良な父親なのだ。善良だが、不幸で、絶望した父親。赤ワインを浴びるように飲んでいても、その顔には曇りのない誠実さが刻まれていた。「確かに」ドゥーカは言った。「では、ここの、この辺りの地区にいる、息子さんの友達を教えていただけませんか。その子が息子さんに年上の女友達がいるかどうか、教えてくれるかもしれません」

「みんな年増でしょう、この頃の女ときたら、みんな……」もっともなことだったが、リヴィアに気がつくと、目を伏せた。「すみません、お嬢さん。そういう人が多いと言いたかっただけです」

「お気になさらないで」リヴィアが笑いながら言った。すると、男も顔を上げたが、その目は潤んでいた。

「すみません、お嬢さん、すみません」

「誰か、息子さんの友達の名を言ってください」ドゥーカは迫った。「この女を見つけられるかどうかは、お子さんにとってもとても重要なことなのです」

老いた父親は、また目を伏せた。「家では、ほとんど何もしゃべりませんでした」話しはじめる。

「友達のことも何も。やって来ては食べ、金か売り払う物をくすねると、出ていってしまった。ですが、通りをずっと下ったところにあるタバコ屋（タバコも売っているバールのこと）に行ってみてください。息子を知っているはずですから。あそこの主人ならまちがいなく、わたしよりずっとよく知っています」

紛れもなく誠実で、紛れもなく絶望していた。二人は店を出た。

6

タバコ屋への訪問は、あまり歓迎されなかった。最初二人は、外の寒さから逃れて暖かく明るい店で少し温もろうと入ってきたカップルだと思われた。だが、ドゥーカの手帳を見ると、店主の顔は曇った。

店は一見、がらがらに見えた。だが、奥の方にビリヤード台や遊技台のある部屋があり、若者の溌刺とした声やピシッと玉を打つ音、カードをする客の悪態などが聞こえてくる。ピンボールマシンで遊んでいる少年も一人いるし、ときどき誰か入ってきては、コーヒーを飲んだり、タバコを買ったりしている。

「ここに男の子が来ていましたね」ドゥーカが言った。「フェデリコ・デッランジェレット。たぶんご存じでしょう。どの新聞にも出ていましたからね」

カウンターの後ろには、七カ月か八カ月ぐらいのお腹をした若い女と、そばに若い男がいたが、男は何も応えず、客の女の子に粗塩を一箱、差し出していた。女の子は風船ガムも買って行った。

「ここへよく来ていたはずだ」ドゥーカは丁寧な言葉遣いでは埒《らち》が明かないと見て、軽く脅すように言った。「あの子のなじみの店だろ。で、あっちの部屋で遊んでいる不良どもは、あの子の友達だな。そうじゃないのか?」

その口調に若い男は屈した。「ああ、来てたさ。おれにとっちゃ、金さえ払ってくれれば、みんないい客だからな。あの子は払ってくれた。おれに何の関係があるんだ?」

「関係があるとは言ってない」ドゥーカは応えた。「二人とも、落ち着いてくれ」妊娠中の女を見た。驚かせる必要はない。「あなた方には何の関係もない。あの子を知っているかどうか、知りたいだけだ」

「もちろん、知ってるわよ」大声を出したわけでもないのに、お腹の大きな女はびくっとして立ち上がった。「一番質《たち》が悪かったじゃない。それに、何をやったか見たでしょう。なのに、まだあの子を庇う気?」夫に当たりちらした。

「おれは、やっかい事はごめんだ」男は暗く怒りをこめて言った。「営業許可を取り上げられるかもしれないんだぜ」

「質問に答えなきゃ、取り上げられるわよ」賢明な女はすごい剣幕で言いかえした。

「五十リラ切手、四枚」ちょうど入ってきた老人が言った。「コーヒー」すぐ後に入った別の老人も注文する。お腹の大きな女はコーヒーを淹れに行き、夫の方はもう一人の老人に切手を渡した。そこで、ドゥーカが言う。「フェデリコの友達と話したいだけだ。ここに来ていたのは、この店に友達がいるからだろう。誰が友達だったか、どの子と一番、仲がよかったか、知らないか?」

若い男はうなずき、それから苦笑した。「ああ、もちろん」もう一度、苦笑い。「仲がいいといえば、フェデリコの一番の友達は女さ、ルイゼッラ」

「で、そのルイゼッラはどこにいる?」ドゥーカは訊いた。

「ここの上に住んでる。家で、編み機で仕事してるんだ」

「ここの上とは？」

「この上さ」タバコ屋は言った。「門を入って右、すぐ上の階だ」

ドゥーカとリヴィアは店を出て、階段を上がった。ドゥーカが古くさい呼び鈴を押すと、夏のようにシャツの袖を捲り上げた、いかつい赤ら顔の男が出てきた。

「警察です」手帳をちゃんと見ているのに、家に入れてくれる気配はなかったので、ドゥーカは男を押しのけて入り、リヴィアも通れるよう脇を空けた。「ルイゼッラのお父さんですね？」

男には従う習慣はなかった。「なんでだ？」棘のある視線で二人を見ながら、答える代わりに言った。

「ルイゼッラと話がしたいのでね」ドゥーカはまだ穏やかだった。

「なんで？」いかつい男は冷ややかな目を向ける。

我慢もそこまで、柔和な表情は消えた。「いい加減にしろ。娘はどこだ？」

声は低かったが、その口調が大男には効いた。「ああ」と答える。「あっちにいる、仕事中だ」

確かに、ティペック、ティペックと編み機の音がしている。ドゥーカはリヴィアについてくるよう促し、音の方へと向かった。そこは暗がりに近い部屋で、神経症のような装置の前に、薄い金髪の小柄な娘が立っていた。青ざめた娘は不安げに、でも父親と同じ刺すような目で、二人を見ていた。

「警察だ。おまえに話があるそうだ」いかつい男が言った。

「こちらも警察の人？」娘はリヴィアの方を見ながら、棘のある言い方をした。

「そうだ、すまないが」ドゥーカは言う。「その機械を止めて、質問に答えてくれ。フェデリコ・デッランジェレットを知っているな？」

「なんで？」と娘。

質問に答える代わりに他の質問をするのは、この家族の悪い癖だ。「きみはフェデリコ・デッランジェレットの友達かと訊いたんだ。他の質問はせずに、イエスかノーか答えなさい」

今度も、その口調が効いて、娘は答えた。「はい、知っています」

「機械を止めなさいと言っただろ」ドゥーカが言うと、ティペック、ティペックが突然、止まった。

「知りたいことは、一つだけだ。よく考えて答えなさい。きみの友達にとって、大事なことだ。本当のことを答えれば、少しだが、友達は救われるかもしれない。だが、きみがごまかせば、友達は今より酷いことになる。きみもそうだ」

娘はドゥーカを棘のある目で見つめた。いつもこんな目付きなのだろう。

「フェデリコには、きみのほかに、女友達はいなかったか」ドゥーカは訊いた。「たとえば、ずっと年上の女とか」

娘は素っ気なく答えた。「いいえ」

「そんなに急いで答えるな。少し考えてみてくれ。なあ、あの年頃の男には、一人や二人、三人だっていてもおかしくないだろう」

「たぶん以前は、二十人だっていたかもしれないけど、あたしは知らない」嘲るように言った。

「それなら」と、ドゥーカ。「フェデリコの男友達は知っているか？」

「知っているのもいるけど」

「たとえば、誰を？」

「エットーレ。いつもここに、ここのバールに、フェデリコと遊びに来ていたわ」

「エットーレ何という？」

「名字は覚えてないけど、父親と一緒にユーゴスラヴィアから逃げてきた子よ」

「ひょっとして、エットーレ・エルジックじゃないか？」ドゥーカは訊いた。エットーレ・エルジックは、女教師虐殺事件に加わっていた十一人のうちの一人だ。

「そんな名前だったわ」娘は言った。少しだけ刺々しさがなくなり、わずかだが口も滑らかになったようだ。「あの子なら、そうよ、年増の友達がいたわ」

「どうして知っているんだ？」ドゥーカもリヴィアも、娘も父親も、四人とも寒く仄暗い部屋に立ったままでいる。

「ときどき、その女《ひと》の話をしていたから。その女からお金をもらったら、あの子はフェデリコや他の友達を連れて、すぐにこの下のバールへ遊びに来るのよ。賭けに嵌っていたから」

「その女について何か言っていなかったか」

「オバさんって、呼んでた」

「細かいことまで全部、思い出してくれないか」

「オバさんって、言ってた」

「ああ、それは聞いた。その女のことを、他に何と言っていた？」

「サラエヴォのオバさんって。あの子と同じ、ユーゴスラヴィア人だから」

「それから？　他に何か言ってなかったか？　名前とか、仕事のこととか？」

「名前は聞いてない。いつもオバさんとか、サラエヴォのオバさんとか言うから、あたしたち笑ってた。でも、仕事のことは、そうだわ、ユーゴスラヴィア語からイタリア語に翻訳するって、何をかは知らないけど」

「では、教養のある人なんだな」

「ああ、そうよ、エットーレは先生とも呼んでたわ」

「どんな感じの女か言ってみてくれ」

「でも、あたしは一度も会ったことないのよ。ただ、エットーレが言うには、背がものすごく高いって」

「ブロンドかな？」

「ブロンドって言ったかどうか、覚えてないわ。ただ、背がものすごく高いって言ったのは覚えてる」

「何か他に覚えていないか？」

娘は床を見ながら考えていた。彼氏を助けるため、協力しようと決めたのが見てとれた。それから目を上げ、ドゥーカを見つめた。「ときどき、エットーレが、その女がどんなふうにセックスするか話してたけど、これは関係ないわね」

「それも関係がある」ドゥーカが言った。

いかつい男が割って入った。「うちの娘には、淫らな話をする義務はない。もう、ここらでいいだろう」

「ええ、義務はありません」ドゥーカは穏やかに言った。「だが、どんな些細なことも、真実を突きとめる手がかりになるんです」

「たいした話でもないけど」娘は言った。「ただ、ちょっとへんてこな話よ。エットーレが言ったのはこれだけ。その女はヴァージンで、ヴァージンのままでいたいから、そういうふうにセックスするんだって。なぜだか知らないけど」

ドゥーカはうなずいた。「その女のことで、他には覚えていないか?」

「いいえ」娘は言った。「だけど、きっとお金をたくさん持ってるはずよ。だって、エットーレが、三十万リラも持ってバールに来たことがあったから」

「エットーレの話から、この女は何歳ぐらいだと思ったかな? 三十歳より若いか、三十は越えているか? それとも、四十まで行っているか?」

「エットーレは歳のことは話したことがなかったけど、あたしは四十ぐらいだと思う」

ドゥーカは時計を見た。「ありがとう」娘に言った。「また来るかもしれない。そうならないことを願っているよ」

7

手がかりは乏しかったが、ドゥーカはマスカランティに、ミラノ中の出版社に当たって、四十前後のユーゴスラヴィア人翻訳者を探すよう頼んだ。一日もかからずに、マスカランティは探し当てた。名前はリスツァ・カディエーニ、三十八歳。住まいは二部屋しかない小さなアパートで、古いタンスの大理石の天板に石油コンロを載せ、食事を作っていた。同じ天板には、翻訳の仕事に使うタイプライターも置いてある。なぜなら、昔の写字生（中世の修道院で写本を作っていた修道士）のように、立ったまま仕事をするからだ。そして、エットーレが言っていたとおり、背がものすごく高い。生まれはサラエヴォ、つまりサラエヴォのオバさんともいえる。まちがいなく彼女だった。

女は、ドゥーカを窓際の小さな肘掛け椅子に座らせ、自分のためには、隣の部屋から椅子を持ってきた。イタリア人でもめったに話さない完璧なイタリア語を話したが、Oの発音だけは、わずかに口を閉じすぎていた。痩せていて、美人とは言えないものの、口紅はおろか、まったく化粧っ気がないにもかかわらず、目が非常に大きいため、古いフレスコ画のような独特の美しさがあった。髪はブロンドだが、麦わら色に近い残念な金髪だった。

「エットーレ・エルジックという少年をご存じですね？」ドゥーカが訊く。

「はい」椅子に座った女は、硬い表情で即答した。

「女教師殺害事件を起こした十一人のうちの一人だということを、ご存じですか？」

「はい、知っています」

「いつからの知り合いですか？」

「ほぼ二年前からです」

「どうやって知り合ったのですか？」

「両親を知っているので。あの子がイタリアの市民権を取るのを手伝ったものですから。戦争の末期に、両親といっしょにイタリアに来たあの子は、スロヴェニア語をひと言も知りません。ほとんどミラノ方言で話します」言葉ははっきりしていたが、目は怯えていた。たぶん、怖れ以上に羞恥心があったのだろう。

「二年前からご存じなのですね。あの少年について、どう思われますか？」

「下劣な悪党ですわ」きっぱりと答えた。

ドゥーカは次の質問の前に少し間をおき、それから訊いた。「なぜそんな言い方をなさるのですか？　あなた方の関係がどういう性質のものだったか、聞いていますが」残酷だが、何らかの結果を得るにはこうするしかない。

恥ずかしさで瞳が震えているように見えた。「関係の性質がどうであれ、悪党か誠実な男か見分けがつかないわけではありません」

極めて明快な返答だった。ドゥーカはほぼまる一分間、考えていた。「あの少年は、あなたを強請《ゆす》っていたのではありませんか？」

女は激しく首を振った。「けっして、そんなことはありません」

「彼の罪が重くなるのを心配する必要はありませんよ」ドゥーカは言った。「虐待と強姦致死および殺人共謀罪ですからね、恐喝があろうとなかろうと、何ら変わりはありません」

女は悲しそうに微笑んだ。「強請《ゆす》られていたと言えば、釈明になるでしょうか。あの子にお金を与えていたのは、このわたしです。でなければ、わたしになど会いに来なかったでしょう」飾り気のない率直な物言いだが、あまりに自虐的で痛々しかった。

ドゥーカは道を誤ったことに気づいた。時間を無駄にして、女にも時間をとらせたあげく、苦しませている。

「すみませんでした」言いながら、立ち上がった。

女も立ち上がる。「ご協力できて光栄ですわ。お役に立てることがあれば、何でもおっしゃってください」

その言葉にも、誠意がこもっていた。ドゥーカは窓に近づいた。どこに面しているのか、よくわからない。霧が立ちこめているため、通りか中庭かも見分けられなかった。

「女性を捜しているのです。あまり若くはない人です」女を見ずに言った。「いや、男性の可能性もあって、はっきりしていません。ともかく大人の、あの少年らの友人を捜しています。尋問では、その人物について、どの子も語らなかったのですが、いる気がするのです。その人物は、真実を暴くために、とても重要な存在です。もしかして、あなたがご存じの少年は、この人物を見つける手がかりになることを、話していなかったでしょうか。あなたにとっては取るに足らない、ほんの些細なことでも、この人物と繋がっている可能性があります」

相変わらず女の表情は硬く、部屋は少し寒かった。「そうですね」女は言った。「あの子はあまりしゃべりませんでした。わたしは、あの子にとって便利なだけ。賭け事に嵌っていたので、お金を渡せばすぐに帰りました。ただ、お酒にも嵌っていましたから、ときたま飲んでここへ来ることがあって、そんなときはよくしゃべりました。一度、数滴ずつ飲むクスリをやっている友達がいると話していたことがあります。その子は、知り合いの学卒の女からクスリを手に入れているということでした。エットーレは、自分も何滴か飲んでみたけれど、胃が痛くなっただけだと言っていました」

「エットーレは、クスリをやっていた少年の名を、言いませんでしたか？」

「いいえ、ただ、友達とだけ」

「その友達も、十一人のうちの一人の可能性があると思いますか？」

「それは、わたしには知る術《すべ》がありません」

漠然とした手がかりではあるが、重大な意味を持つかもしれない。「このことで思い出せることはないか、考えてみてください。ほんのひと言が、ちょっとしたことが、決め手になることもあります。記憶をたぐりよせるため、彼がここに来て友達の話をした日のことを、思い返してみてください。入って来た瞬間から、その後に起こったことすべて、最後には、その話のこと、そのクスリのこと、その友達のこと、その学卒の女のことを」

女は言われたとおり、その日のことを思い返した。エットーレ・エルジックは少し酔っぱらって現れた。もしかすると、まだクスリが効いていたのかもしれない。そして、話しはじめた。「よく憶えていないのですが、友達にクスリを与えていた女は、本来の女ではないと言った気がします」女はドゥーカをじっと見た。「おわかりになります？」

ドゥーカにはわかった。難しくはない。重大なことかもしれないし、些末なことかもしれない。

「他には、何か思い出しませんか?」食い下がった。

女はその日のことを思い出そうと、ふたたび過去を振り返ったが、記憶は尽き、もう何も出てこない。「もう、何も憶えていません」申し訳なさそうに言った。

「ありがとうございました」と、ドゥーカ。「とても役に立ちました。もう、おじゃますることがなければよいのですが」

「ご心配なく。司法のためなら協力を惜しみませんから」堅苦しい言い方だった。

ドゥーカは通りに出て、強い寒気と霧の中、リヴィアが待つ車にもどった。助手席に座る。

「何かわかった?」エンジンをかけながら、リヴィアが訊いた。

ドゥーカは首を振った。「ごくわずかだ」

8

ごくわずかというべきか、無に近いというべきか。殺人犯の少年らとつながりのある女が、芋づる式に見つかった。自宅で編み物の仕事をする柄《がら》の悪い小娘、すなわちフェデリコ・デッランジェレットの女。ヴァージンを失いたがらないインテリのユーゴスラヴィア人翻訳者、すなわちエットーレ・エルジックの女。そして新たに出現したのは、未特定の少年にクスリを与えていた学卒の女。四十歳前後で、男ではなく女を好む。興味深い存在ではあるが、簡単に見つかるとは思えない。ともかく、あの十一人の周囲には複数の女性がいて、うち一人は真実を知っているはずだ。

「さて、これから何ができるんだ？」皮肉っぽく自分に問いかけた。霧の中、リヴィアは穏やかに運転している。「どの少年にも、若い彼女や年増の女がいて、もしかすると別の女もいるかもしれない。何十人という女を大騒ぎして探し出したところで、結局、混乱を来すだけじゃないのか」

「どうして、そんなこと言うの？」リヴィアは少し冷ややかに言った。

「何もかも、投げだしたくなったんだよ。女教師はあの十一人に殺された。これは疑う余地がない。未成年（イタリアでは十八歳以下）の子は鑑別所送り、成年に達している子は普通に裁判にかけられる。結局、何を探しているというんだ？　何にもならないんだよ。首謀者を、殺人の扇動者を見つけたとしても、何か変わるのか？　何も変わらない」

車は赤信号で止まっていた。リヴィアはますます冷ややかに言う。「変わるわ。本当の犯人を暴きだすんでしょう。言っていたわよね、あの子たちは堕落しているとはいえ、明確な意図を持ったサディストに挑発され、扇動されなければ、虐殺など犯すことはなかったはずだと」

「ああ、そう言ったたし、今もそう思っている」ドゥーカは言った。「だが、それはわたしの意見に過ぎない。何の根拠もないいんだ。何週間も無駄な捜査を続けたあげく、全部まちがっていたということにもなりかねない」この日の朝、目覚めたときから小さなサラのことが頭にちらつき、酷い疲れを感じているのだとは、とても言えなかった。サラのニット靴はどこへいったのだろう？　まだ、ポケットに入ったままか、それとも、ロレンツァが見つけて、どこかへやったか？

「全部まちがっていたとわかったら、そのときはやめるでしょう」リヴィアが言った。「それまでは駄目よ。それがいやなら、警察官なんかしないで、別の職業に就きなさい」

もっともだ。反論できないと思った。リヴィア・ウッサロは有無を言わせない。警察官であれば、捜査を続けること。捜査をしたくないなら、仕事を変えること。瞼を押さえ、亡くなった赤ん坊の姿を追い払った。気を取りなおし、急に言いだす。「では、少年たちのソーシャルワーカーのところへ行こう。これまで誰も、事情聴取はしていないいんだ」

住所を渡した。ソーシャルワーカー、アルベルタ・ロマーニ、四十八歳、モンツァ通りのまさに入り口のところに住んでいる。霧が騒音をやわらげてはいたが、行き来する無数の車はやはり空気を震わせ、通りだけでなく、ソーシャルワーカーの住む新しい建物にも響いていた。アルベルタ・ロマーニは二人を胡散臭げに見ると、無愛想だが礼儀正しく、アパートに迎え入れた。窓際の明るいカーテンが揺れたのは、隙間風だけでなく、車の振動のせいもあっただろう。

「やはり、思ったとおりね、警察でしょう」ソーシャルワーカーは肘掛け椅子に腰を沈め、皮肉っぽく言った。「なぜすぐわたくしを呼ばないのかと、不思議に思いはじめていたところよ」更年期に加えて肝臓が悪いのか、黒ずんだ顔は老けて見えたが、若い頃は美しい娘だったに違いない。「でも、やっと来たのね、女兵士までつれて」

ドゥーカもリヴィアも笑わなかった。笑顔は警官には余計で、リヴィアのような非公式の助手であってても許されてはいない。

「どうぞ」ソーシャルワーカーはタバコに火を点けた。ドゥーカは言った。「少しだけ、質問させていただきたいのですが」あの顔色では、何年も前から医者に喫煙を禁じられているはずなのだが。

「まず何よりお訊きしたいのは、あなたのご尽力で夜間定時制アンドレア&マリア・フスターニ校に入学したのは、どの子でしょう?」

「とっても簡単な質問ね、全員です」煙を美味しそうに吸いこんだ。

「十一人ともですか?」

「わたくしにとっては、十八人ともです」苦々しく言う。「十八人に勧めたのよ。七人は学校側に拒否されましたけど、ごらんのとおり、最悪の十一人を選んでしまったのね」

ドゥーカはうなずいた。まさに最悪の十一人だ。「ですが、この地区には、他にも二人、ソーシャルワーカーがいるようですが」

アルベルタ・ロマーニは肩をそびやかした。「主査はわたくしですから。あなたがおっしゃる二人の女性は、わたくしの管理下にあります。二人には判断を下したり、提案を行ったりする権限はなく、わたくしの補佐をしてもらっています」

その言葉には、不可解なニュアンスも、いわくありげな暗示もなく、危うさは感じられなかった。

「では、あなたは、推薦した少年らが、なぜ夜間校に入学することになったか、全員についてご存じなのですね」

「詳しくは知りませんよ」女は言った。「とはいえ、彼らの母親や父親より、よくわかっているのは確かかね」

今度も、ドゥーカとリヴィアは笑わなかった。「漠然とした、もしかすると意味のない質問ですが、あなたがご存じの十一人の中で、最も質《たち》が悪いのはどの子ですか?」

「とても難しい質問ね」女は言った。「誰が一番、質が悪いなどと、どうして言えるでしょう? どの子もワルでしょうが、それでも全員、更生の可能性はあるのよ」

「比べてみれば、常に、他より悪いものはあるはずです」ドゥーカは言った。「少年らをご存じのあなたには、それが言えるはずですが」

ソーシャルワーカーのアルベルタ・ロマーニは首を振った。病的に黄ばんだ顔は輝きだし、声まで温かくなって、先ほどまでの辛辣さは影をひそめた。「いいえ、そんなことはありません。一番悪い子などいはしません。あの子らを、あの子らの心の内をご存じないからです。警官だから、素行だけを見るのよ。酒を飲み、危険な遊びをして、性病に罹り、年上の女や若い女に養われ、道を誤った老人をカモにする。そういう事実だけを見て、彼らがかくありたいと望む姿は見えていない。繰りかえします、彼らがかくありたいと望む姿です。警察には興味のないことでしょう。彼らが何を望んでいるか、ご存じ? 想像もつかないでしょう。あのうちの一人が、あなたのおっしゃる《質の悪さ》に照らせばたぶん最悪の子が、わたくしに何を訊いたか、ご存じ?」

ドゥーカは乱暴に話を遮った。「その子が何を訊いたかおっしゃる前に、その最悪の子の名を知りたいのですが」

ソーシャルワーカーはもっと乱暴に言い放った。「いいえ、言えません。最悪の子などいませんから。学位を取っても何もしない金持ちの子は多いけれど、そんな子たちよりずっと、あの子らは社会の役に立てるのよ。あなたはあの子らを知らないし、あなたには理解できないわ。わたくしのように話をしたこともないでしょう。あなたは取り調べただけ、彼らの友達になったわけではない。警官は誰の友達にもなれないわね。そうでなければ、いい警官とはいえないもの。でも、わたくしは話をしました。そして、彼らは心の内をさらけだしてくれた。あの子は言ったのよ。『おばさん、ぼく、歌の言葉を書けるようになりたい。だってね、ときどき言葉がたくさん浮かんでくるんだよ。こういう仕事がしたいな。稼ぎもいいっていうしね、そうでしょ、おばさん』って。それで、綴りをまちがえずに歌詞が書けるよう、夜間校への入学を勧めたのよ。本人は『歌の言葉』と言ったけれど、つまり詩を書きたかったのね。そんな子が殺人者なの？」

ドゥーカは、凶悪な犯罪者にも繊細な嗜好はあると言いたかった。ベジタリアンで、拷問にかけられても雛鳥の串焼きは食べないような者が、母親や妻を殺すこともある。花を愛で、丹精込めて育てた花卉で園芸コンクールの一等賞をもらった者が、夜な夜な子供を虐待し、ついには殺してしまった例もある。だが、何も言わず、雪崩のように吐きだされる言葉と感情を、止めようとしなかった。これがソーシャルワーカー、アルベルタ・ロマーニなのだ。とりとめのない言葉を聞くのも、無駄ではない気がした。

「それにあの子も、殺人者なの」雪崩は続く。声は大きかったが、どこか不安げで昂ぶっていた。

「お金を持ってきたのよ。盗んだお金だったかもしれないけれど、こう言ったわ。『おばさん、ぼく、ツーリング・クラブに入会したいんだ。*Le Vie del Mondo*《レ・ヴィエ・デル・モンド》（イタリア・ツーリング・クラブが発行していた旅行雑誌）をとりたくてさ。行ってみたい遠くの国のことがたくさん書いてあるんだよ。だけどぼく、鑑別所にいたから、そういう子には、定期購読させてくれないかもって思って。だからさ、ぼくの代わりに入会してよ、で、雑誌が届いたら渡してくれないかな』って。この子も殺人者なの？　鑑別所にいたことがあっても *Le Vie del Mondo* は購読できると、説明してやったあの子よ。それが、最悪の子の一人なの？　それに、あの結核を病んでいる子も殺人者？　血を吐いたとき、死ぬのが怖いと、救急病院へ行く代わりにわたくしのところへ来たのよ。そばにいてくれれば怖くないからって。あの子も殺人者なの？」

　ドゥーカは片手を上げ、止めるよう合図した。「女教師はあの十一人の生徒に殺されました。十一人とも否認はしていますが、疑う余地はありません。殺した者は殺人者です。ただ、おそらく情状酌量はあるでしょう。誰か責任のある大人が意識的に女教師を殺そうとし、少年らをけしかけて殺《や》らせたのであれば。これはわたしの見解ですが。今日はあなたへの事情聴取というより、この見解についてお話しするために、お訪ねしたのです」

　ソーシャルワーカーは、目の前にあったコーヒーカップの受け皿に吸い殻を押しつけた。目を伏せ、表情をこわばらせている。「そのご見解とやらを、もっとよく説明してください」

「すぐいたしましょう」ドゥーカは言った。物わかりのよい相手に、すぐ話ができるのはうれしかった。「わたしは、あの十一人は悪党に違いなく、紛れもない犯罪者だと思いますが、彼らだけでは、あれほど細かく正確に計画し、残虐な狩りのように女教師を追いつめることはできなかったと思うのです。あのような大虐殺を実行に移した上、そろって防衛戦線を張り、未成年を言い訳に、裁判官や陪審員に、貧困や飲酒や病気といった情状酌量の余地を認めさせ、笑うほど少ない刑期で済ませてもらうなどという離れ業が、無知なあの子らにできるとは思えません。数年経てば、全員、また自由になるでしょう。ほんの数年ですよ、保証してもいい。これらすべてのことを、あなたが熱心に庇う、字もまともに書けない若き獣《けだもの》たちが企てたはずはないでしょう。誰かいるはずですよ」ドゥーカは立ち上がり、奥の窓際の隅に行った。「ある少年の女友達、あるいは複数の少年の友達かもしれないが、その人物が考案し、虐殺を起こしたのです。若き犯罪者どもに、どうやって実行するか、警察に捕まった場合、どうすれば助かるか、こと細かく指示したのでしょう」ドゥーカはソーシャルワーカーの前までもどったが、椅子には座らず、ただ身を屈め、彼女の耳元でしゃべった。「そして、あの子らは、この人物を酷く怖れている。なぜなら、わたしがかなり手荒に尋問したというのに、誰一人、この人物のことを話さなかったのですから。その名を告げる勇気がなかったのでしょう。ですが、彼らのことをほぼすべてご存じのあなたなら、真実を突きとめ、この人物を捜し出すのに、力を貸してくださるのではないかと。あなたの少年たちは話したがらなかったが、あなたは話してくださいますね」

アルベルタ・ロマーニは肩をそびやかし、疲れた声で言った。「たぶん、あなたがわたくしの少年たちと呼ばれた子供らは、そんな人物は存在しないから、名前も言えなかったのでしょう」

9

ドゥーカはもう一度、ソーシャルワーカーの向かいに座り、タバコを出そうとポケットを探ったが、見つからない。リヴィアがすぐに一箱、ライターといっしょに渡してくれた。

「矛盾している気がしますが」火を点けてから、静かに言った。「最初は、あの少年らのことを、心根は善良なのに育った環境で歪んでしまった、不運な天使のように語っていらした。なのに、突然、女教師虐殺をそそのかした罪深い大人はいないと、否定なさった。つまり、あれはすべて少年らだけでやったことで、責任はあの子らだけにある。強姦し、なぶり殺しにしたのは、彼ら自身の快楽のためで、指図した者などいないと、そういうことですね。矛盾しているとは思いませんか？」

アルベルタ・ロマーニは首を振った。「いいえ、あの子たちには、更生して社会に適応できる可能性はありますが、誰もその手助けをしてやらなければ、そそのかされなくても、あの虐殺のようなことをしでかす可能性はあります」

「では、誰かが指図した可能性は否定されるのですね？　犯罪をそそのかすような大人はご存じないし、聞かれたこともないと？」

女はぐったりし、すっかり情熱を失ったように見えた。「否定などいたしません。あの子たちのプライヴェートや交友関係を、すべて知っているわけではありませんから。ただ、指図した者とか、首謀者とか、扇動者とか、そういう存在はありえない気がします。その誰かはなぜ、かわいそうな女教師を、あれほど野蛮に殺させたのですか？　ご存じないでしょうが、あの子たちは、それでなくても肉体的精神的に多くの欠陥を持ち、苦しんでいるのです。アニスのような酒が少しでも入れば、とたんに我を忘れ、野獣より酷い荒れ方をするでしょう」

「すみません、お言葉を返すようですが」ドゥーカは苛立っていた。「その有名な酒についてもずいぶん考えてみました。いいですか、ひと瓶に入っている酒はせいぜい四分の三リットル、少年たちは十一人。いくらアニス酒が強烈だとはいえ、十一人でひと瓶ではあまりに少ない。とりわけ、あの不良たちのように、すでに飲酒癖のある者にとってはそうでしょう。そこで考えたのですが、あの酒の瓶には、幻覚剤か興奮剤のようなもの、つまり麻薬が混入されていたのではないかと。残念ながら、確かめることはできません。瓶は空でしたし、鑑識でも空き瓶から多くを分析することはできない。その上、事件直後は、少年らへの尿検査を思いつかなかったため、日数を経過した今となっては手遅れなのです。あなたは、このような可能性もないと思われますか？」

「ええ、ないでしょうね」女は言った。「ご存じないのでしょうが、あの年齢では、お酒が入らなくても、野獣のように荒れ狂うことがあります。子供の戦争ごっこをご覧になったことはありませんか？　わたくしはありますよ、怖かったわ。ですから、アニスも麻薬も必要ないのです」

ドゥーカの顔が怒りでこわばるのを見て、リヴィアがなだめようと、ドゥーカの膝に膝を触れ合わせたが、無駄だった。ドゥーカは侮蔑を込めて言う。「あなたは嘘をついていますね」

アルベルタ・ロマーニはまた肩をそびやかした。「警察はいつも、他人は本当のことを言わないと思うのね」

「今回は、まさにそうです。あなたは本当のことを言っていない」ドゥーカは声を和らげた。「失礼、あなたはご存じのことを全部、おっしゃっていない気がします。知り合ってまだ三十分も経ちませんが、それでもわかります。あなたは心底、誠実な方だから、隠し立てしていることに苦しんでいらっしゃる。お願いします。ご存じのことを全部、おっしゃってください。どんな些細なことも、重要な意味を持つかもしれません。たとえば、少年らの一人には、四十歳ぐらいの学卒の女友達がいて、その子に麻薬を与えていることがわかりました。少年らをよくご存じのあなたなら、この麻薬癖のある子が誰か、もしかすると誰が与えていたかも、ご存じのはずです。彼らのことは、母親や父親よりもよく知っているとおっしゃったのですから、知らないとは言わせませんよ」

沈黙が流れ、空気は重く澱んでいた。ソーシャルワーカー、アルベルタ・ロマーニは奇妙な笑みを浮かべ、ドゥーカを見つめた。顔は微笑み、声も普通だったが、肝臓病み特有の曇りがちな瞳は、涙で潤んでいた。「あなたのような警官がいるとは思いませんでした。たぶん、警官ではないわね。人を見抜きすぎるもの。本職の警官ではないはず、そうでしょう?」ドゥーカは応えなかったが、彼女は待っている。目元に指を二本やり、涙の膜をぬぐってから、また訊いた。「そうでしょう?」

しかたなく、ドゥーカは応えた。「数年前までは医者でした」

「やっぱり、医者なのね」秘めた苦しさと苦々しさで、顔が膨れている。「医者は内面まで見て、感じとるものね。あなた、いいお医者さんだったでしょうに」

リヴィアは顔を背け、そっと片手で覆った。この女とその言葉に、そして言い方にも、感動していた。ええ、いいお医者さんでしたよ。そう言いたかった。

「なぜもう医者でないのかは訊きません」疲れはてたソーシャルワーカーは、穏やかに言った。「きっと理由があるのでしょう」微笑んで見せる。「それに、警官に尋問などしてよいものか、わかりませんから」また笑った。「わたくしには助産師の妹がいるのです。医者のようなものでしょう。わたくし自身も、若い頃は医学部を出たいと思っていました。でも、父は反対で、イタリアでは、学位など女には役に立たない、どうせ若いうちに結婚して、すぐに子供ができるから、家にいなければならなくなる、と。ええ、父はあか抜けない人でした。子供の時分から靴直しをして、やがて靴屋を開き、それが成功したから、妹のエルネスタを勉強させるお金もありました。でも、わたくしには違って、大学は、一年以上は行かせたがらなかった。『一年だけ行かせてやる』と言われ、『全部の試験に通ったら、次の年も行かせてやる。一つでも落ちたら終わり。家にもどって、女らしい仕事を選べ』と。もちろん、必死で頑張りましたが、試験は二つ落ちてしまったので、教員免許が取れただけでも満足でした。長い間、教師をしましたが、やがて、ソーシャルワーカーの講習を受けるようになり、ドイツにも行きました。西ドイツで犯罪者の寄宿学校に二週間いたのです。信じられない体験でした。戦後、世間を騒がせた凶悪犯の子供もいました。ある少年の母親は、自分を搾取していた男友達から逃れるため、その男が寝ていたベッドにガソリンを撒き、生きたまま焼き殺したそうです。あそこの子たちは、誰も盗みも違法行為もしていないし、社会的には無傷だけれど、心理的には引き裂かれている。人殺しや風俗がらみ、虐待や恐喝など、様々な罪を負った親たちによって、人格の深いところまで破壊されてしまうのです。わたくしが何を見たか、あなたには信じられないでしょう。寄宿学校らしいところは何もなく、広大な庭に囲まれた高級ホテルのようだったわ。各部屋に三人ずつ生徒がいて、各階にカポ（kapò ナチが強制収容所で囚人の中から選んだ監視役の呼び名。一九六〇年に同名のイタリア映画―邦題は『ゼロ地帯』1961―が公開された）がいます。あの凶悪犯の子供の中から、最も人格荒廃が疑われる子を選ぶの……」

ドゥーカとリヴィアは辛抱強く、しかも熱心に聞き入っていた。網はもう仕掛けたから、猟師のごとく、あとは辛抱と熱意だ。誰かが話しだしたら、話させておく。溢れ出る言葉の中に、最後には真実の金塊を見いだせる。押しよせる言葉の波を見守り、その中で光り輝くのを待てばよい。

「……もちろん、男女の区分はあって、寄宿舎は二つに分かれているけれど、それは夜間だけ。寝るときだけ、二班に分かれるの。でも、あとは一日中、授業も食事も娯楽もいっしょよ。あなたには、この組織がどんなに優れているか、想像もつかないでしょう。下は八歳、上は十八歳までの子供がいるけれど、勉強にしても、遊びにしても、あまりクラス分けをしないのよ。年長の子には、年少の子を見張ったり、指導したりする務めがあるの。教科の勉強や心理面の再教育に加えて重要なのは、職業訓練と娯楽の二つのプログラムよ。いいえ、違うの、想像もできないはずよ。わたくしのようなソーシャルワーカーにとっては天国みたいなもの。十二歳の女の子がすでに完璧な看護婦のスキルを身につけていて、医師の監督の下、十六歳の級友に注射をしていたわ。その子の父親はサディストで、ある女性を惨殺した上、七歳のときから何度もその子をレイプしていたの。それから娯楽ね。最初は信じられなかったわ。校長が、あ、校長は女性で、男性三人と女性一人が補佐しているのよ。で、その校長が説明してくれたの。『暴力は人間の本能で、愛情や眠気や空腹のようなものです。人間は生まれつき好戦的であり、穏和な人間など存在しません。矛盾しますが、いるとすれば、エス（精神分析学の用語で、精神の奥底にある本能的エネルギー。イドidともいう）の深いところで暴力を拒否し、心理的、性格的に異常をきたした変態でしょう。正しくは、この暴力性や攻撃性を、社会的に有益な目的へ向かわせることです。ですから、ここでは乱暴でも役に立つ遊びをさせています。どうぞあちらでご覧ください』と。それから、見に連れて行ってくれたわ。毎木曜日、大きな中庭に、三、四台の古い車とか、ぼろぼろの家具とか、他にも壊す物が運ばれてきて、八歳から十八歳までの少年少女がチームに分かれ、それぞれ長い斧や金槌で武装するのです。そして、その車や椅子やタンスを、メチャクチャにではなく、木からゴム、ブロンズから鋼鉄、ガラスから布など、素材を選り分けながら壊さなければならないのよ。もし、先生が見ていらしたらね」ドゥーカを先生と呼び、微笑んだ。善良だが哀しげな笑みは癖になっている。「自分より大きな斧や金槌を持った二十人ほどの少年少女は、ご存じかしら、ドイツ式の突然の合図に従って、対象物をがむしゃらに、もう死にものぐるいで、叩きはじめるのよ。聡明かつ有益なやり方でもって、彼らの暴力性や攻撃性を爆発させるわけね。で、最初に車を壊し、様々な部品を注意深く選り分けていたチームが特別賞をもらったわ。奇抜なやり方に見えるけれど、実は仕事としても成り立っていて、自動車解体場から問い合わせがあったそうよ。同じ車はないわけだから、あの子らは完璧な仕事を手に入れたのね。で、解体場の経営者は手間賃を払ってくれる。こうやって、彼らは自らの攻撃的本能と暴力性を最大限利用すれば、報酬まで受けとることができると学んだのよ。他にも、暴力性や攻撃性を社会のために使う遊びがたくさんあったけれど、勉強や職業見習い、それに心理学者の先生との会話にも、多くの時間が当てられていました。それぞれの子供は、自分の父親や母親が犯した罪についてきちんと知らされているの。心理学者は、犯罪の理由も説明し、彼ら子供たちがなぜ同じ過ちを犯してはならないか、また、両親を憎んだり軽蔑したりする必要はないということを、説明していました。とにかく完璧なのよ、先生。さすがドイツね。わたくしは確信しました。あの子たちは、犯罪者や倒錯者やサディストの子であっても、親と同じ道を歩むことはないと。彼らは徹底的に再教育され、普通の人たちと同じように社会に出て働くようになるわ。妹もわたくしといっしょにいたのですが、二人とも見学しながら魅了されていました。曲がってしまうおそれのあった植物が、きちんと世話をされ、軌道修正していくのを見るのは嬉しいものでした。妹のエルネスタは助産師だけれど、とても心を打たれ、施設の校長に、自分もこの再教育の場で働けないかと訊いて……」

真実の金塊は、なかなか日の目を見ない。とりとめもなく繰り出される無数の言葉は、無駄話ばかり。それでも、ドゥーカはすべてを聞く必要があると思った。

「……そうしたら、もちろんですとも、とてもありがたいお申し出ですわ、人手は必要ですから、とおっしゃったの」ソーシャルワーカー、アルベルタ・ロマーニは続ける。「妹に、三、四枚の書類を渡して必要事項を記入させてね。ご存じでしょ、ドイツ人がどんなだか。で、半ダースもの適性検査を受けさせたのですが、回答は全部、好意的で、ヤー《はい》、ヤー、ヤーばかり。それで、次は性的精神分析を受けさせたところ、回答はナイン《いいえ》、ナイン、ナイン」

ドゥーカは訊いた。「なぜですか?」がまんがようやく報いられそうだ。

アルベルタ・ロマーニは顔に手をやり、束の間、顔を隠した。「妹はレスビアンだから」にこりともせず二人を見たが、黄ばんだ顔を急に赤らめ、すぐ目を伏せた。「当然ですが、あのような難しい子供たちの教育を、普通とは異なる人物に任せることはできませんから」また目を上げた。「信じられないでしょうね。お気持ちはわかります。わたくしだって、あの瞬間まで、妹が特殊な人間だとは知らなかったのです」

ドゥーカは一瞬、この女は酒でも飲んでいるのかと思った。施設の方で、彼女の妹に興味がなかっただけかもしれない。だが、話を聞き続けた。

「これは三年前の話です」女は続ける。「ですから、妹が結婚しない理由も、三年前にやっと気づきました。わたくしも結婚はしませんでしたが、その理由はこの顔を見ればおわかりでしょう。でも、妹は顔もきれいなの。とてもかわいいのよ。だから、ずっと男っ気がないのが不思議でしたが、そのわけが、あのときわかったのです。そう、ドイツ語でしたがとても丁寧な、はっきりとした説明があり、憲法に規定された同性愛者の権利についても聞かされました。同性愛はけっして悪いことではないけれど、困難をかかえた子供の教育者としては、ふさわしくないとのことでした」

ドゥーカももっともだと思いながら、うなずいた。

「あのときからずっと、なんだか妹のことが気にかかるのです。住まいは別ですが、たいていは週に一度、最低でも半月に一度はここで会うか、わたくしが訪ねていくか、妹が電話してきて、年輩の独身男がつるむように二人で食事に行ったりしています。で、数カ月前の夜、うちに会いに来たときのことです。心配事があるように見えたので、なんとか説得し、話をさせました。それが、とても哀しい話でね、先生。すみません、警察がお望みのように、理路整然とうまくは話せなくて」

真実に近づいてきたようだ、とドゥーカは思った。「かまいませんよ。ご心配なく、思いつくままお話しください」

「妹のクリニックでのことでした。クリニックはあの夜間校と同じ地区にあります」アルベルタ・ロマーニは肘掛け椅子から身を起こし、二人を見つめた。羞恥心に打ち勝つためだろう。「妊娠中の二十歳の女性が診察に来て言ったそうです。子供を堕ろす手助けをしてくれなければ、自殺すると。もちろん、妹は断り、追い返しました。でも、その娘は二度、三度と泣きながらもどってきて、バッグから睡眠薬のカプセルを出して見せ、打ちひしがれていました。それを見た妹は、本当に自殺してしまうと思ったのね。そう思ったから、それに、魅せられていたから、そう、その娘に淡い恋心を抱いてしまったから、手を貸したのよ。それをきっかけに、二人の間に友愛が芽生えました」ここで目を伏せてしまった。「そして、妹の悲劇も始まったのです」

「どんな悲劇ですか？」ドゥーカは訊いた。

「その娘には弟がいました。その弟がわたくしの妹を強請《ゆす》るようになったのです。お金を欲しがり、妹が渡さなければ、人工中絶（当時のイタリアでは妊娠中絶は違法。合法となったのは一九七八年）で訴えてやると言ってね。妹には貯金があったのに、少しずつ渡しているうちに、なくなってしまいました。それでも、その弟は満足しなかった。胃潰瘍を患ったときに処方されたアヘンが癖になったのね、アヘンを含む濃い液体、アヘンチンキを手に入れろと、妹に強制したのです。それで先ほど、生徒に麻薬を与えていた学卒の女の話をされたとき、あなたを欺こうとしました。少年に麻薬を与えた四十前後の学卒の女は、わたくしの妹です。遅かれ早かれ、あなたは真実にたどり着くでしょう。それなら、自分の口から全てお話しする方がましですから」

真実の金塊が明るみに出た。とても大きく、光り輝いている。

「では、妹さんがアヘンチンキを与えていた少年というのは、あの夜間校の生徒なのですね」ドゥーカはソーシャルワーカーに訊いた。

「ええ」

「その子の名前は？」

名前を言うのは明らかに辛そうだった。どんな悪党であっても、彼女にとっては、自分の子のようなものなのだ。「パオリーノです」やっと言った。「パオリーノ・ボヴァート。ええ、たぶんあの中で最悪の子です。妹をあれだけ強請ったのですから。でも、今、牢の中でアヘンが切れてとても苦しんでいるはずです。お医者さんなら中毒患者のこと、ご存じよね。解毒には時間がかかるから、今はまだ、少しは与えてやらないと……」

妹を恐喝していた子が麻薬を切らしていないか、心配している。ドゥーカは訊いた。「この子の姉は何という名ですか？　どこに行けば会えるでしょう？」

「ベアトリーチェといいます」すぐに答えたが、後はなかなか言えない。「妹といっしょに暮らしています」それから住所も言った。「ブリアンツァ通り二番地」さらに詳しく教えてくれた。「ベアトリーチェ・ボヴァート。妹の元で看護婦のようなことをしています。患者の受付をしたり、家の片付けをしたり」突然、立ち上がった。「何を調べられても、妹には一切、罪はありませんから。ただの被害者なのです」

ブリアンツァ通り二番地。通りへ出て、リヴィアが運転席に着くと、ドゥーカは言った。「ブリアンツァ通り二番地へ行こう」だが、ハンドルを握る腕を止めた。「いや、もう遅い。どこか食事のできるところへ行ってくれ」これほど真実に近いと感じるときは、立ち止まってみる方がいい。まちがいは犯したくなかった。こんなときこそ、いとも簡単にまちがえるものだから。

第四部

女はベテランの売春婦、三十メートルの高さからでも警官を見分けられる。男は十四歳の痩せた少年、生きていくには愚かすぎた。

1

彼女はドゥーカを中心街のピッツェリアに連れて行った。自分のようなピッツァ好きにとってこの店はもてなしが良く、昼夜を問わず、日曜も平日も混み合っているのだという。奥に見える窯の炎が暖炉のようだ。そして彼女、リヴィア・ウッサロは、そろりそろりと噛みしめながら、時間をかけて食べていた。巧く食べられないわけではない。噛むと、顔中を縫った細かい傷痕が目立つが、ゆっくりなら、さほどはっきりとは見えないからだ。

その日、二人はピッツァの他、ノロジカのトマト煮込みもとった。シカ料理は上出来で、食い意地の張った二人は、皿に残った黒く滋味深いソースまできれいに平らげ、かなりの量の白ワインも飲んだ。だが、旨い食事を楽しんだというのに、ふと、グルメ役を演じているような、妙な気になる。頭では別のことを考えていたため、結局、あまり味わえなかったのだ。

「ソーシャルワーカーの妹のこと、どう思う?」勘定を待ちながら、リヴィアが訊いた。

「わからない」と、ドゥーカ。「ともかく首謀者を捜し出す。願わくばだが」笑いかけた。

「ソーシャルワーカーの妹ではないと思うわ」

「まだ会ってもいないし、知らないのに、何とも言えないよ」

「それでも、ああいった女性があんな犯罪の首謀者だなんて、ありえないと思うの」

「法廷には、憶測ではなく、犯人と証拠を出す必要があるからね」

「わかったわ、では、すぐこの女性のところへ行きましょう」リヴィアは熱っぽく言った。

「すぐでなくていい」ドゥーカは熱くはなかった。「今日はもういいよ。家に帰って、ロレンツァのそばにいてやろう」ロレンツァが家に一人でいると思うと、たまらなかった。「帰る前に、野菜をたくさん買おう。二人で大鍋にミネストローネを作ってくれないか。大好物でね。ロレンツァも好きなんだ。わたしも野菜を洗うのを手伝うよ。いいか、明日の朝まで、それ以外の話は禁止だからね」拳をリヴィアの顎に当てた。「破ったら、一発お見舞いするぞ」

午後と夕方は、ほぼ思っていたとおりに過ごした。ほぼ。野菜を袋一杯買って、レオナルド・ダ・ヴィンチ広場までもどり、車から荷を下ろして家まで運んだ。ドアを開けに出たロレンツァは、二人を喜んで迎え、満ちたりた顔をしていた。「カルア警視もいらしたのよ」ドゥーカに告げる。「インフルエンザにかかったから、あたしに移しに来たんですって」

「チャオ」カルアが小部屋に顔を出した。

ドゥーカも「チャオ」と応え、野菜で一杯の箱をキッチンまで運んだ。

「なあ、どうだ」カルアが言った。「警官なんか辞めて、果物と野菜を売るっていうのは」キッチンまでついてきて、ロレンツァとリヴィアに聞こえないよう、小声で囁く。「休暇を三週間、申請したよ。故郷のサルデーニャに行く。ロレンツァを連れて行ってもいいか？」

「それはまた、どうして？」訊いたそばから、ドゥーカにはわかってしまった。カルアを見ていればわかる。

「そうすれば、気も紛れるだろ。旅をして、新鮮な土地に行けばな。この家には誰もいないじゃないか。出歩いてばかりのおまえさんとの暮らしは、よくないぞ」

それも、もっともな話だ。「ありがとうございます」ドゥーカは応えた。

「もう、話はしておいた」と、カルア。「おまえの許しが欲しいそうだ」

ドゥーカは許可すると言った。ロレンツァを書斎に呼び、小さなソファーに座らせて、髪をちょいと引っぱった。子供の頃には、本気で引っぱったものだったが。

「カルア警視が三週間、サルデーニャに行くのに、おまえを連れて行きたいそうだ。行っておいで、ロレンツァ。いい気晴らしになるよ」

だが、妹はすぐに首を振った。「もう、行きたくなくなったわ。ここにいたい」

「それはまちがいだよ、ロレンツァ」ドゥーカは言った。「気を紛らわすことを考えないと。ここから離れた方がいい」

「いやよ、兄さん」頑なになっていた。

ドゥーカはこれ以上、言っても無駄だと悟った。「まあいい。好きなようにするさ」

カルアは、ロレンツァが誘いを断ったことに、憤慨していた。「ランベルティ家の人間は、男も女も、嫌なやつらだな。おまえさんに、妹に、おまえさんの父親もさ。まったくいけ好かないのに、なんでおれは付き合っているんだか。妹の姫君は、おれとサルデーニャの太陽を浴びには来ず、ミラノのこの家でたった一人、何をするつもりだ？」だが、その夜、生ハムの皮の入ったミネストローネを味わう頃には気も静まり、キッチンのテーブルについたドゥーカ、ロレンツァ、リヴィア、カルアの四人は、家族のように穏やかな時を過ごした。つけっぱなしのテレビからは、平和や社会構造、ストやトトカルチョや宝くじについて、政治家たちの果てしない議論が流れていた。それこそ、ドゥーカが思い描いていた一日だった。あまりに気持ちが和んで、テーブルの下でつい、リヴィアの手をそっと握ってしまった。そんなことをしたのは過去に一度だけ、まだ学生の頃、カーニヴァルのダンスパーティのときだけだった。

だが、長年の望みがほぼ叶ったように思えたまさにその夜、テレビの西部劇を見はじめた九時頃、電話が鳴った。電話を取りに行ったロレンツァは、もどると、警察署からで、カルア警視にだと言った。

「失敬」カルアは席を立って電話に出た。話す声はほとんど聞こえなかったが、席にもどると、出されたコーヒーを前に、肩を片側だけ上げた。顔をちょっとしかめ、コーヒーの香りを嗅いでから、一口飲む。「おまえさんにかかわることだ。あの少年たちにずいぶんとご執心だからな。だが、この夕べをだいなしにするほどのことじゃない」

「何があったのです?」ドゥーカの声は険しかった。

「少年たちの一人が自殺した」と、カルア。「ベッカリーアでのことだ。屋根の上まで逃げて、飛び降りたそうだ。マスカランティが電話してきた」

「その子は誰です?」ドゥーカが訊いた。

「フィオレッロ・グラッシ。もちろん、即死だ」

フィオレッロ・グラッシ。あの同性愛者の、告げ口を怖れなければ自供していたはずの子だ。「自殺というのは確かですか?」

カルアはまた肩を上げた。「詳しいことはおれも知らない」

ドゥーカは立ち上がった。「見に行きたい」

コーヒーをもう一口飲んでから、カルアも立ち上がった。「青臭い好奇心だな。おれも行く」

「きみはロレンツァといっしょにいてくれ」ドゥーカはリヴィアに言った。

「ええ」リヴィアは車のキーを渡した。ドゥーカが運転して、フィランジェーリ広場に乗り付けた。少年鑑別所チェーザレ・ベッカリーアの建物の真ん前だ。もう、全ては起こってしまった。件の少年、フィオレッツロ・グラッシは屋根の上から飛び降り、門のすぐ前の地面に激突した。そのすぐ前に駐車していたフィアット600《セイチェント》の運転席から、熟年の女性がそれを目撃、悲鳴を上げた後、気を失った。駆けつけた警察が現場検証や写真撮影を行い、続いて到着した検察官が死体撤去の許可を出した。市の消防車が事件の痕跡を入念に洗浄したが、現場にはまだ野次馬が残っていた。ベッカリーアの屋根から飛び降りただの、落ちただの、いや、押されただの、少年は十六歳だ、いや、十二歳、いや、十八歳だのと言い合い、そのうち帰っていくのだが、また別の野次馬が来ては立ち止まり、見たり聞いたりしていたので、常に人垣ができていた。人は入れ替わっても、みなこの寒さにも、湿気にも、広場の侘びしい街灯にも動じない。運転嫌いのドゥーカは、苛つきながら車から降りると、亡き十六歳が袋に詰められた場で囁く人々を一瞥し、苛立ったままカルアと建物の中へ入っていった。

所長はとても礼儀正しい人物で、鋭い視線から知性と強固な意志が感じられた。カルアとドゥーカに、少年らが夕食のため食堂へ入ろうとしていたとき、監視の一人が、廊下の奥で、食堂へと並ぶ列から離れたフィオレッツロ・グラッシに気づいたのだと話した。そのとき、最初は呼びとめたが、少年は逃げ、非常階段へと消えてしまったので、後を追って階段を下りたが、フィオレッツロ・グラッシは階段を上っていた。監視がまちがいに気づいたときには、少年はすでに上りつめ、屋上テラスに出て、安全柵を乗り越えようとしていた。そして、監視が追いつくと、フィオレッツロは叫んだ。「近寄るな、来たら飛び降りる」

「それで、監視はどうしたのです？」ドゥーカは訊いた。

「離れていましたが、テラスの端に立たないよう説得しました」と、所長。「ですが、あまり話をする時間はなかった。たぶん、少年は聞いてもいなかったでしょう。突然、飛び降りてしまいました」

ドゥーカは思った。ということは、フィオレッロは、夜間校の他の生徒の手で、屋上から突き落とされたのではない。自殺したのだ。なぜ、自殺したのか？　思い当たることはあったが、確証は得られそうにない。

「夜間校の他の生徒たちに会うことはできますか？」ドゥーカは所長に訊いた。

「どうしても必要ならば会えますが、できれば避けたいですね。当然ですが、ここにいる子はみな、何が起こったか知って動揺しています。すでにベッドに入らせ、消灯しました。起こして尋問を受けさせ、刺激を与えるようなことはしたくありません」

カルアが口を出す前に、ドゥーカは言った。「わかります。ですが、どうしても会う必要があるのです」

礼儀正しいが疲れた様子で、所長は希望を叶えてくれた。十分ほどすると、事務室のそばの部屋には、八人の少年が年齢順に並び、壁に凭れていた。

カルアは小声でドゥーカに囁いた。「落ち着けよ」

薄暗い陰気な照明の中、外国人部隊の将校が長期受刑中の悪党を点検するみたいに、ドゥーカは少年たちの前をゆっくり、一人ずつ睨みつけながら歩いていった。列の最後まで来ると、またもどっていく。全員を知っていた。名前も年齢もだが、特にその内面を把握していた。結局のところ、生まれついての悪党か、成長するにつれ悪党になった者か、更生の見込みがある者かは、見ればすぐにわかる。

「名前は？」一番目の最年少の子の前に立って訊いた。もちろん名前は知っている。

「カルレット・アットーゾ」

十三歳の厚顔な結核持ち。ただ一人、その瞳に怖れや脅えの気配すら見えず、彼らを連れてきた監視の三人や、温厚とは言い難い所長に限らず、ドゥーカにも、嘲りに近い刺すような眼差しを向けている。青白い蛍光灯の光が磨かれた長テーブルの表面に反射し、その顔はこれまで以上に青く、結核病みらしく見えた。

「何歳だ？」

「十四歳」カルレットは答えた。

「違う、十三歳だ」ドゥーカが訂正した。少年が嘘をつき、自分を愚弄したことはよくわかっていた。

「ああ、そうだ十三だった」悪党ジュニアはあざ笑うように言った。

「フィオレッロ・グラッシに何が起こったか知っているか？」少年の罠に嵌って怒ることはなかった。

「ああ」

「何が起こったんだ？」

「屋上から飛び降りた」

「では、なぜ飛び降りたか知っているか？」言いながら、ドゥーカは、横に並んだ他の少年たちも見ていた。話している小さな罪人以外は、みなどちらかといえば不安げな表情をしている。

「ぼくは知らない」

ドゥーカは少し歩いて、突然、ずんぐりした少年の前で立ち止まった。酔っぱらいのように濁った、苦しげで落ち着きのない目をしている。「名前は？」だが、名前は知っていた。

「ボヴァート・パオロ」

「何歳だ？」

「ほぼ十八です」

「クラスメイトのフィオレッロがどうして自殺したか、知っているな」これだけの数の少年と、疲れて不機嫌な監視員、所長や警察幹部までいるのに、だだっ広い部屋はまるで空っぽのように寒々しく、低く冷たいドゥーカの声は、磁気テープから流れる個性のない音声のようで、少年は見るからに萎縮していた。

「いえ、知りません」

紛れもない嘘だ。他の子全員同様、紛れもなくこの子は知っている。だが、紛れもなく何かに脅え、嘘をつくに至っている。これほど完全無欠の沈黙の掟は、恐怖でしか説明できない。ドゥーカは、今度は列の最後尾に行った。目の前の少年は、髭というより褐色の産毛が目立つ頬に片手をやり、すぐに視線を落とした。「名前は？」知り抜いていたが、単に形式的な質問だ。

「エルジック・エットーレ」

「おまえはフィオレッロの友達だったのか？」

「いっしょに学校に行ってました」

「だが、学校の外でも会っていただろう？」

「いや……」目は伏せたまま、首をねじり、手は相変わらず顔を撫でるような幼稚なしぐさをしている。

「いいえか、はいか？」

少年は美しい目をしていた。その瞳でスラブ民族だとわかる。

「ときどき」言ってから、付け加えた。「偶然だけど」

「どこで会っていた？」少年は黙っていた。何を訊いても、つまらない悪知恵を働かせ、はぐらかそうとするので、ドゥーカは助けてやることにした。「たぶん、ジェネラル・ファラ通りのタバコ屋兼バールで、夜間校の別の友達といっしょに会っていたのだろう。わたしのまちがいでなければ、その友達はフェデリコ・デッランジェレット、彼にはルイゼッラという女友達がいて、その娘はバールと同じ建物にあるアパートで編み物の仕事をしている。そうだな？」ドゥーカは片手を少年の肩に置き、その手で袖刳りのあたりを締めつける。やがて、少年は苦笑いし、手を緩めてもらおうと、美しい目を上げた。

「はい、そうです」

「では、あの店にゲームをしに行っていたんだな。そして、フィオレッロもいっしょだったんだな？」

「ときどき」口癖なのか、「ときどき」を濫用する。だが、その口調はまるで、「いや、めったに来ない」とか、「たぶん来てない」とでも言うようだ。

「で、バールでおまえとフィオレッロは何をしていた？」

「成り行きで」

「成り行きとは？」

「何でもない。ピンボールマシンがあったから」

「ピンボールマシンで遊んでいたのか？」

「ああ、成り行きで」

「ピンボールマシンだけか？　それとも、カードもやったか？」ドゥーカは背後にいるカルアと鑑別所長を意識していた。静かだからこそよけいに、二人の存在が重く感じられた。さらに、疲れて不機嫌な三人の監視もいる。その誰もが、この若き犯罪者たちとの煩わしい面会を歓迎していないのも、わかっていた。どうせ偽証するか、真実を歪め、改ざんしようとするだけなのだから。

「カードも」言ってから、用心深く付け加えた。「ときどき」

「金を賭けていたのか？」

「成り行きで。負けたやつが、飲み代を払ったりして」

「それだけか？　それとも、金を賭けたのか？」

「公共の場で賭け事はできないから」

「そんなことは気にするな。金を賭けていたのか、いないのか？」

「ときどき」

「フィオレッロも賭けていたのか？」

「いや、あいつはしない。カードは好きじゃなかった」

「それなら、あいつは何をしにバールへ来ていた？」

突然、美しい目のスラブ系少年が答える前に、部屋に笑い声が響いた。乾いた金属的な、ヒステリックともいえる声。

「何がおかしい?」ドゥーカは振り向き、列の半ば辺りにいた痩せぎすでとびきり背の高い少年を見た。丸い目は飛び出し、顎には顎髭とおぼしき長い毛がポツポツ生えている。淡い色の瞳は脅え、キョロキョロしていた。

「名前は?」最初の質問の答えを待たずに訊いた。

「マラッシ・カロリーノ」少年はしゃちこばって答えた。

「何歳だ?」

「十四歳」

「さっき、なぜ笑った?」ドゥーカは待ったが、答えない。「なぜだ?」

「わかりません」

ドゥーカは優しい声で言った。「いや、わかっているだろう」

すると、意外な優しさにつられたのか、ドゥーカを無邪気な目で見つめ、少年はまた笑った。まだ十四歳、この子は心根まで腐ったわけではなさそうだ。「なぜかって、フィオレッロはフリックのことが好きだったから。だから、ゲームはしないのにバールに行ってたんだ」

2

ドゥーカは優しく問い続けた。「フリックとは誰だい?」

「フェデリコのこと」狡そうな目をして、少年は笑った。この話題が気に入ったらしい。汚らしい不良少年の面持ちだが、腐りきっているわけではない。

「フェデリコ何だ? 名字を知っているかい?」

笑い上戸なのだろう、また笑いながら言った。「フェデリコ・デッランジェレット」

「それで、フィオレッロはあのジェネラル・ファラ通りのバールに、このフェデリコといっしょにいたくて行っていたのか?」ドゥーカは少年の肩に片手を置いた。脅しではなく、父親のようなしぐさだ。「二人は仲がよかったかい? どんな感じの友達だった?」

ドゥーカの背後で、カルアが咳をした。明らかに不自然な咳。この点についてあまり問い詰めるなと警告したのだ。

そして、カロリーノという珍しい名を持つ少年は、今度は笑わず、見ないためか、見られないためか、顔を思いきりそむけた。それから、衝撃の告白でもするように深刻げに言う。「恋人同士だったんだ」

本人は笑わなかったが、陰気な部屋では、監視に加えて所長や警察の人間もいるのに、他の七人が笑いだした。声は大きくなくても、部屋が大きいため、笑い声は窓から窓へ、壁から壁へと、反響していった。厚顔なカルレット・アットーゾも笑った。筋肉隆々で大柄なベニート・ロッシも笑った。おそらくこの子が、うら若き女教師、すなわちミケーレとアダ・ピレッリの娘であるマティルデ・クレシエンツァーギの肋骨をへし折ったのだろう。十六歳の遺伝性梅毒患者、シルヴァーノ・マルチェッリも笑った。トゥニジア通りの街娼を母に持つ十七歳、エットーレ・ドメニチも笑った。働きたくないがため、気前のよい老紳士に耽溺している十七歳、ミケーレ・カステッロも笑った。スラブ系の目をしたエットーレ・エルジックも、アヘン中毒で瞳の濁ったパオリーノ・ボヴァートも笑った。「恋人同士だったんだ」という発言で爆笑を引き起こしたカロリーノ・マラッシ以外、七人全員が笑っていた。ここにいるのは、成年に達しているため近くのサン・ヴィットーレ刑務所に収監されたフェデリコ・デッランジェレットとヴェーロ・ヴェリーニ、そして、理由も個人的事情も判明していないが少年鑑別所チェーザレ・ベッカリーアの屋上から飛び降りたフィオレッロ・グラッシを除く、夜間定時制アンドレア&マリア・フスターニ校の生徒全員である。笑ったとはいえ、ほんの三秒ほどのことで、ドゥーカの視線を浴びると、とたんに静かになった。

「では」笑い声の反響が収まると、ドゥーカは、笑わなかったカロリーノ少年に訊いた。「おまえは、クラスメイトのフィオレッロをよく知っているんだな。それなら、なぜ自殺したのか、なぜここの屋上から飛び降りたのかも、知っているんじゃないのか?」

少年は答えなかったが、ドゥーカは訊きかえさず、核心を突く質問の後には沈黙が広がっていった。この沈黙には、どんな返事よりも深い意味がある。やがて、少年にも他の悪童にも背を向けると、所長のそばへ行った。

「終わりました。彼らをもどしてくださってけっこうです」監視がこの特異な若者たちを連れて行ってしまうと、広い部屋はますます広く感じられた。ドゥーカは立ちつくすカルアを上から下まで見た。「いつまでたっても何もわかりません。時間の無駄でした」ごく低い声で話した。「あの子らはみな、真実をすべて知っているのに話さない。女教師を虐殺するため、そして、法の裏をかくために、調教され、教えこまれていたのです。こんなてぬるい尋問では、何も暴けない。フィオレッロがなぜ自殺したのか、それを知りたかっただけなのに、そして、あの子らは知っているのに、規則通りの尋問では、言うはずがありません」

「いったい、あなたはどのように尋問なさりたいのですか?」所長が訊いた。皮肉ったのではなく、ただ疲れきっていた。

「鞭でも使うか?」カルアが意地悪く言った。

ドゥーカは首を振り、なんとか笑った。「あの子らが教師を殺害するよう駆り立てた化け物を暴き出すには、別のやり方をするしかありません」

「どのやり方だ?」また棘のある言い方をする。

「少年らの一人をわたしに預からせてください」ドゥーカははっきりと言った。「たとえば、カロリーノ・マラッシ、あの子はまだ腐りきってはいない」

「おまえに預けて、どうする?」視線だけでなく、声まで苛立っている。

「何日か、わたしの元に預けてください」カルアの嘲笑を浴びても、ドゥーカは辛抱強く言った。

「昼夜を問わず、わたしが手元に置き、話をして、真実を吐かせます。あの子らがしゃべらないのは、誰かを怖がっているからでもある。少年らの一人を、怖がる必要はないと説得できれば、いや、その誰かの発見と逮捕に協力するよう説得できれば、仕事は捗《はかど》ります。ですが、そのためには、少年を手元に置き、信頼させ、他の子を支配しているのと同様、その子を支配している《誰か》より、わたしの言うことを聞く方がいいと思わせる必要があります」

沈黙が流れた。ベッカリーアの所長は顔に手をやった。カルアは床を見つめていたが、やがて口を開く。その声に棘はなく、狼狽すら感じられた。「規則があることは知っているな？　司法が少年らをこの施設に預けたんだぞ。おまえさんであれ、おれであれ、一介の警官が、その少年らの一人をここから連れだし、尋問したり、ことによると殴ったりすることなど、できるはずがないだろう」

所長はやや神経質そうに笑った。ドゥーカは笑わずに言った。「手を上げることは、絶対しません」

「だが、もし逃げたら？　フィオレッロ・グラッシのように、自殺したら？　どうするつもりだ？」

カルアが言った。

「逃がさないし、自殺もさせません」

「ああ、そうだな」カルアが皮肉った。「おまえさんは、未来まで支配する創造神だからな。おまえさんが起こって欲しくないと思えば、起こるまい」

所長が立ち上がり、ドゥーカに微笑んだ。「わたしに決定権があるなら、少年らの一人をすぐあなたに預けます。真実を暴くには、その方法しかないと思いますから。ですが、このような一般性に乏しいやり方を、判事が許可するとは思えません」

「試みることはできます」ドゥーカは両手を長テーブルにつき、二人を見つめた。「やってみましょうよ？　数日だけでいいですから。一週間なくてもいい、そうすれば、真犯人を見つけてみせます」

カルアも立ち上がった。「見つけられるかも知れんな。だが、子供を手元に置くことはできんぞ。

判事が許すはずがない」

　熱く怒りを込めて、ドゥーカはテーブルを叩いた。「訊いてみてください」声を上げた。

「もちろん、訊いてやるとも」かっとなったカルアは、また意地悪く言った。「明日には、どう断ってきたか、教えてやるさ！」

3

ブリアンツァ通り二番地。リヴィアは車を止めた。前日に美容院で男の子のように髪を短く切った上、肩までかかる長い髪の鬘をかぶっていた。これで輪郭が隠れ、少しは小さな傷痕が見えなくなる。ミラノらしからぬ日で、厳しい寒さにもかかわらず、かなりの陽射しがあったため、チャンスとばかりかけた大きなサングラスも、さらに少し傷痕を覆ってくれた。「なぜ、降りないの？」ドゥーカに訊いた。

「なぜ、降りなければならない？」顔を隠す長い髪の隙間から彼女を見つつ、考えていた。何の役にも立たない。誰も何にも興味を示さないし、誰も真実を知ろうとしない。女教師が亡くなった。否認はしているが、十一人の少年が強姦し、拷問にかけて殺したのだ。だが、年齢のため、些細な罪にしか問われないだろう。扇動者が、正真正銘の首謀者がいるかもしれないのに、誰も問題にしない。ある学卒の女が、少年らの一人にアヘンチンキを調達してやり、その子の姉と同棲しているからといって、やはり関心を示す者はない。警察も判事も膨大な手続きに埋もれて、手を尽くす時間がないのだ。それなら、ブリアンツァ通り二番地を訪れ、助産師と彼女の看護婦兼愛人に事情を聞く意味はあるのか？　何もない。なぜなら、誰も興味がないのだから。

「なぜ、降りないの？」リヴィアはくりかえした。顔に二枚のカーテンを下ろしたような長い髪と、大きな黒いサングラスのおかげで、滑稽なほど美しい彼女を見て、ドゥーカはほろっとした。「きみも降りて、いっしょに行こう」声をかけた。「リボルバーを見せて」

言われたとおり、バッグを開け、中から小さなベレッタを取りだした。「ほら？」

よし、それでいい。女性でも、銃で身を守る必要のある事態がどれほど身近にあるか、想像できる者は少ない。駐車禁止の標識の真下に車を停め、二人とも降りた。門番の女は、ロマーニ先生は三階だが、エレベーターは故障していると言った。三階まで階段を上がり、表札の下の呼び鈴を押した。表札にはドクターやプロフェッサーといった称号はなく、エルネスタ・ロマーニとだけ書いてある。若い女がドアを開けた。

誰かと訊く必要はなかった。一目見てすぐわかる。パオリーノ・ボヴァートの姉、というより、むしろアヘンチンキやその他のアヘン類の副作用で瞳の濁ったパオリーノ・ボヴァート本人に見えたが、唇の赤さや、看護婦の白い上っ張りから伸びた綺麗な長い足など、わずかに女性的な部分があった。もはや状況は明らかだったので、ドゥーカはリヴィアと狭い玄関口に入り、手帳を見せた。「警察です」手帳をポケットにしまった。「ロマーニ先生とお話がしたいのですが」

パオリーノ・ボヴァートの姉は、二人をありふれた待合室に連れて行った。個性のない小さなテーブルには、読み古された雑誌が置かれ、壁には、秋の山岳地帯の森を描いた一面赤茶色の小さく穏やかな絵が飾ってあった。

老けたソーシャルワーカーの妹、ロマーニ先生は、まもなく入ってきた。アルベルタ・ロマーニとはずいぶん違う。もっと背が高く、見るからに神経質で、感じやすく、怒りっぽく見えた。さほど若くはないが、まん丸いレンズに細い金のフレームの大きな眼鏡をかけているため、映画で見るアメリカの女学生のような雰囲気だ。

「どうぞ」二人に書斎へ入るよう促し、「どうぞ」とまた言って、メタル素材の机の前に置かれた同じ素材の肘掛け椅子を勧めた。そして、口頭試問を行う教師のように、生徒二人が口を開くのを待っている。

ドゥーカは何も言わず、助産師の眼鏡を見ていた。非常に細く美しい金のフレームとまん丸いレンズから、すぐに高級品だと思った。もちろん、リヴィアも何も言わない。下を向き、膝を見ていた。スカートが少し短すぎたかしら、警官の運転手を務める女性にしては、そうね、たぶん短すぎる。

沈黙は、明らかに助産師を苛つかせた。「警察ですよね？」不安げな、それでいて尊大な声だ。

ドゥーカはうなずき、座り心地の悪い椅子の上で身体を伸ばしながら、ゆっくり穏やかに話した。「夜間校の女教師殺害事件について、すでにあなたのお姉様からもお話を聞きました。お姉様はとても良識のある方で、誠実に話してくださいました。おかげで、ここに看護婦として置いておられる女性は、看護婦ではなく、あなたが合法とは言えない施術をした若い娘だと知りました。お姉様は、あなたが、今とは言いませんが、少なくとも十日ほど前まで、アヘンかアヘンを含む薬を、今、数分前にドアを開けてくれた娘さんの弟で、あなたを強請《ゆす》っていた少年のために調達していたことも、話してくださいました」

その女、助産師のエルネスタ・ロマーニは落ち着いているばかりか、ドゥーカの言うことを認めるように、ときどきうなずいていた。「人工妊娠中絶および幻覚薬の投薬は、即刻逮捕に値する犯罪ですが」ドゥーカは続けた。「いずれにせよ、今回はそのために来たのではありません。ただ、夜間校の生徒に関して、いくつか質問させていただきたいのです。例えば、パオリーノ・ボヴァートについて。これには、パオリーノ・ボヴァートの姉であるあなたの看護婦も、答えてくれるかもしれませんが」

「あの娘も呼びましょうか？」エルネスタ・ロマーニは訊いた。

「その方がいいでしょう」

助産師は立ち上がり、廊下に面したドアを開けて呼んだ。「ベアトリーチェ」あまり待たないうちに、少女が現れた。「入りなさい。警察が事情聴取したいそうよ」

二人とも白衣を着ているが、少女は長い上っ張り、助産師は男物のシャツで、二人とも机の向こうに腰かけて待っている。怖がっている様子はないが、内心は怯えているだろう。

「よくご存じのように、二週間ほど前、若い女教師が夜間定時制アンドレア&マリア・フスターニ校の少年グループに惨殺されました。少年らは実質的には殺害の張本人ですが、われわれはある理由から、彼らを指図して犯罪を画策した何者かに、扇動されたと考えています。少年らは、その者のことを、とにかく非常に怖れています。なぜなら、その者の名を出すことも、その者について話すこともなく、長時間尋問しても何も言わず、誰も知らない、何も知らないとしか言わないからです」ドゥーカは気が乗らないまま話していた。教授が何千回もやった講義をくりかえすような心境だった。「さて、先生はこの少年らの一人、パオリーノ・ボヴァートをよくご存じですね。そして、ベアトリーチェ・ボヴァートさん、あなたも、ご自分の弟ですから、よくご存じです。ですから、わたしの質問にお答えいただけると思います。パオリーノ・ボヴァート、もしくは彼の級友の誰かが、大人と継続的な友人関係を持っているのを知りませんか？　普通、少年は同年代の子とは付き合いますが、大人や年輩の人間とは、一時的な興味のための短い関わりしか持たないものです。ですが、ここでは友人関係についてお話ししています。あの少年らのうちの誰かに、それはパオリーノかもしれませんが、友情と畏怖の念を抱かせる大人がいて、その者が彼に、他の級友らとともに、女教師を殺害するようそそのかしたとしたら。すなわち、その者こそが主犯であり、真犯人ということになります。あなたがたは、パオリーノが付き合っていた仲間をご存じのはずですから、何か有力な情報をいただけるのではないかと」

パオリーノの姉、ベアトリーチェ・ボヴァートは、すぐに首を振り、低いが怒りに燃えた声で言った。「弟は卑劣な、とんでもない悪党です。何をしているかも、どこへ行くかも、誰といるかも、何も言いません。父より酷くて、あたしは十歳のとき、暴行されそうになりました。母が二人を残して出かけてしまったので、あたしは弟を突きとばすしかなくて、弟は石炭ストーブにぶち当たってお尻を焦がし、ようやく放してくれました。あの子にどんな友達がいるかなど知りません。あたしは十三歳で召し使いに出て以来、家に帰りたいと思ったことはありません。帰れば、母があたしにも商売させようと、通りへ立たせたでしょう。パオリーノのことは何も知らないし、あの子の友達のことだってなんだって、知りようもありません。ただ、わかっているのは、一年前、あたしと先生を強請るために、姿を現したことだけです。あの子は悪党だから、かわいそうな女教師をなぶり殺そうと企てたのも全部、あの子でしょう。できるわよ、あの子なら、助けも助言も必要ないわ」

姉弟愛はあまり感じられなかったが、この話には多くの真実が含まれていた。ドゥーカは、助産師が少女の肩に片手を置くのを見ていた。男性的な美しい手で、爪が思いきり短く四角く整えられていた。

「それでは、あなたもパオリーノの交友関係については、あまりご存じないのですね」助産師に言った。

エルネスタ・ロマーニは少女の肩から手を離した。「何をお知りになりたいのか、わかったような気がします。おそらく、お役に立てるでしょう」

その言葉を聞いて、ドゥーカはゆっくりと拳を握り、リヴィアはまた膝を見つめた。その瞬間、トラックが轟音を立てて通りすぎた。エルネスタ・ロマーニは音が静まるのを待って、話しはじめた。

「一度、パオリーノが、いつものアヘンを受けとりに来たとき、とても具合が悪そうなことがありました。その場ですぐ、コップ半分ほどのアヘンチンキを飲んだのですが、その後も、気分がよくなるまで、ベッドで休ませておかなければなりませんでした」はっきり順序立てて上手に話すが、男とも女ともつかぬ曖昧な声だ。「薬による弛緩状態で、話の内容を自分でコントロールできなかったとき、パオリーノは男友達とスイスに行った話をしました。スイスがずいぶん気に入ったようで、朝から晩まで半日だけの短い滞在の間に、高級ホテルでウエイトレスをする可愛いイタリア人の女の子二人と知り合ったそうです。またスイスに行きたいけれど、パスポートも身分証明書もないし、未成年だから難しいと言っていました。それでも、またその友達といっしょに行って、あの女の子たちに会いたい、あの子たちに会うために、何とか国境を越えるんだ、あのときだって、親切なおじさんが国境まで連れて行ってくれたから、たぶんまた、連れて行ってくれるだろうと。そして、あの子たちは可愛かった、一人はブロンド、一人は黒髪で、自分は黒髪の方が好きだったと、くりかえすのです。聞きながら、あきれて笑いそうでした。十七歳にしてすでに、肉体も精神も弛みきっているのですから、あきれはてるわ。それに、女の子たちのことについて馬鹿な話をするので、おかしくて」

ドゥーカはロマーニ先生が、続きを話してくれないかと待ってみたが、話は終わってしまった。そこで訊いた。「それはどのくらい前のことですか?」

「去年の夏、七月の終わりか八月の初めだったと思います」

「国境まで連れて行ってくれた親切なおじさんについて、何か特徴など話していませんでしたか?」

「いいえ、何も言っていなかったと思います。ただ、話から、国境まで二人を車に乗せて行ってくれたようです」

ありそうなことだ。車なら簡単にどこへでも行ける。「で、どこから国境を越えたかも、話していませんでしたか? カンノッビオからでしょうか? それともルイーノとかポンテ・トレーザから?」思い出すのを助けようとしたが、彼女は首を振った。

「いいえ、言っていませんでした。ほとんど放心状態でしたが、それでも用心深かったのです」

それもわかる。ドゥーカは立ち上がった。「ありがとうございました」

「お役に立てたかどうか」エルネスタ・ロマーニは言った。「そうだとよいのですが」

「たぶん、そうでしょう」ドゥーカは立ちつくす二人の女性、パオリーノ・ボヴァートの姉と助産師を見た。二人が不憫に思えた。リヴィアと出ていき、車に乗った。「署まで行ってくれ」

リヴィアの運転は巧かったが、署まではずいぶん時間がかかった。激しい渋滞が続き、苛立ったドライバーは睨み合うし、信号はいつも赤で、その間、ドゥーカはずっと考えていた。パオリーノ・ボヴァート。その友達。二人ともスイスへ行った――どうやって? パスポートも何も持っていないのに。そして、おそらく車で、二人をスイスまで連れて行った男がいる。だが、車では、身分証明書なしで国境を越えられないはずだ。たぶん、アヘンのせいで口走った意味のない話だろう。それに、この話と自分が探し求めているものと、どんなつながりがあるのか? ずっと目を閉じて考えていたが、リヴィアの声で目を開けた。「着いたわよ」

二人は警察署の中庭にいた。「ここで待っていてくれ」リヴィアに言った。急いで階段を上がり、廊下を早足で歩いていく間に、頭の中で何かが点いたり消えたりした。それはときどき、考え事をしているとき、よりよい解決策や正しい決心に近づくと起こる、注意信号のようなものだ。

オフィスの戸を開けた。ワックスの匂いがして、ずいぶん綺麗になっていた。掃除に入ってくれる年輩の女性が、ここを重要なオフィスだと思ったに違いなく、みすぼらしい備品を磨き上げ、配置にまで心を砕いて、理想的に並べてくれていた。

小さな鍵で机の引き出しを開け、分厚いバインダーを取りだした。表紙には何の記述もないが、タイトルがなくても、何が挟まれているかはわかっていた。最初のあの写真は、すぐに裏返した。思い出さない方がいい。それから、十一冊のファイル。それぞれに十一人の少年の名が書いてある。並べ方はアルファベット順で、アットーゾ・カルレット、ボヴァート・パオリーノ、カステッロ・ミケーレという具合だ。一枚ずつ、書類を全てめくっていく。何かを探していたが、何かはわからない。リヴィアに、すぐもどるから待っているようにと言ったのは覚えていたが、三十分以上たって、九つめのファイルに入っても、何も見つからない。十番目も、十一番目も何もない。たぶん、探し物が何かわかっていないため、なかなか見つけられないのだ。

残すはあと一枚、何の書類かも覚えていなかったが、見ていくうちにわかった。見取り図だ。夜間定時制アンドレア&マリア・フスターニ校のA教室で見つかった物の詳細が書かれている。①は当然だが女教師、②はパンティ、③は左足の靴という具合だ。⑪ブラジャー、⑯耳の一部、⑱スイスフランの五十セント硬貨。

もう一度読む。⑱スイスフランの五十セント硬貨。虐殺の最中に、少年らの一人がスイスの硬貨を落としていた。スイスフラン硬貨はもらった物かもしれないし、キアッソかルガーノ（どちらもスイスのイタリア国境付近の街）へタバコかチョコレートかウールのセーターでも買いに行ったときのおつりかもしれない。少年らの一人がスイスへ行った可能性が高い。となれば、その一人はパオリーノ・ボヴァートだ。ロマーニ先生に、友達とスイスへ行った話をしていたのだから。

バインダーを引き出しにしまいながら、二つの疑問が湧きあがった。一つめは、スイスにいっしょに行った友達とは誰か？　二つめは、何をしにスイスへ行ったのか？　ドアまで歩きながら、三つめも出てきた。そのおじさんは、なぜ二人をスイスへ連れて行ったのか？

部屋から出て、ドアを閉めようとしたとき、電話が鳴った。オフィスにもどり、受話器を取った。カルアだ。

「今朝からずっと、おまえさんを探していたんだ」

「ここにいますよ」

「降りてこい、いい知らせがあるぞ」

ドゥーカは慌てず、カルアのオフィスまで落ち着いて下りていった。中国の哲学によれば、その知らせが吉報かどうかなど、わかりはしない。宝くじに当たったというのは、いい知らせのようだが、賞金を受け取りに行く途中で、トロリーバスに轢かれて死んでしまう者もいる。いい知らせというのは、とかくそのようなものだ。

「おまえさんは魅力溢れる人物らしい」入っていくとすぐ、カルアが言った。「女も、男も、おれのような老いぼれ役人も、果ては正直者を絵に描いたような鑑別所の所長まで、みんなおまえさんに惑わされる。ベッカリーアの所長のことだ」

ドゥーカはデスクの前に座り、わかった気がした。

「何が起こったか、知りたくないのか?」カルアが続ける。

「ええ、知りたいです」こう答えておく方がいい。だが、好奇心よりも、疲れが勝っていた。

「おまえさん、フィオレッロ・グラッシが自殺した夜、ベッカリーアに行って、収容されている少年らの一人を、家へ連れかえる必要があると言っただろ、その子からもっとよく話を聞き、真実を語るよう説得するためだと。いくらなんでも、覚えているだろうな?」

「もちろん、覚えていますよ」思わず身震いしたが、身体は火照っている。インフルエンザかもしれない。からかわれてとまどっていたが、満足させようと、微笑んでみせた。

「いいだろう。あのときおれは、少年らのうち一人を詳しく尋問するため、数日間、外へ連れだす許可が欲しいと頼んだんだが、判事は、おれがその子をおまえさんに預けるつもりだとわかると、許可をくれたんだよ。そいつはおまえさんのことを知っていて、安楽死を有罪とする判決には賛成できないと言っていた。自分なら無罪にするそうだ。で、委任状にすぐ署名してくれた。ほら、これだ。だが、渡す前に、説明しておくことがある」

ドゥーカはうなずいた。どうぞ、ご説明ください。

「もし、この少年が逃げたら、おまえさんは職を失う。おれの手でここから追い出す」カルアは声に力を込めた。冗談ではなかった。「もし、その子に何かあれば、つまり、足を一本折るとか、誰かがその子に怪我をさせるとか、おまえさんからかっさらっていくとか、そういうことがあれば、職を失うだけでなく、牢屋行きだ」

ドゥーカはまたうなずいた。まったく理にかなっている。

「そして、どんなことであろうと、その子に何かあれば、おれも職を失う」カルアはますます声を上げた。「なぜなら、少年らの一人をおまえに預け、ミラノの街へ連れだすという名案を推奨したのは、このおれだからだ。となれば、おまえが職を失って牢屋へ行く前には、まずこの手でその顔をぶちのめしてやるからな」

当然だと思い、ドゥーカはまたうなずいた。

「言いたいことはわかってくれたようだな」

「もちろんです」

「では、この紙切れを持って、ベッカリーアに行っていいぞ。所長もおまえに惑わされているから、おまえの好きな子を預けてくれるさ。確か、妙な名前の子のことを話していたな」

「ええ、カロリーノです。カロリーノ・マラッシ」

4

ドゥーカに伴われたカロリーノ・マラッシは、半信半疑でベッカリーアの門を出た。広場を見渡している。コートは袖が短すぎ、剝きだした手首は寒さで青白く、あちこち汚れて黒ずんでいた。霧は濃く、ドゥーカとは手もつないでいないので、逃げるのは簡単だが、少年は疑り深く、罠を怖れていた。広場に面した通りがポリ公に封鎖されていれば、敵の手に嵌ってバカを見る。逃げる前に、いったいこれはどういうことか知りたかったが、まだ何もわかっていなかった。

「乗りなさい」ドゥーカは後部座席のドアを開けてやった。自分は運転席のリヴィアの隣に滑りこむ。

「わたしの家に行こう」

カロリーノは、丸く飛び出た淡い色の目で、外の通りを見ていた。トリノ通り、ドゥオーモ広場、ヴィットーリオ・エマヌエーレ二世通り、サン・バビラ。必死で考えたが、考えはまとまらない。驚いた馬が休みなく暴走するのに似ている。このポリ公はなぜ、自分を連れに来たのか。なぜ、家に連れて行くのか？　なぜ、しっかり見張ろうとしないのか？　車の中にいる今も、背を向けていて、こっちを全然、気にしていない。渋滞でのろのろ運転なのだから、カロリーノがその気になれば、ドアを開けて飛び出すこともできた。

「この子はカロリーノだ」ドゥーカが言った。振り向きもしないで続ける。「この人はリヴィア、わたしの運転手だ」

カロリーノは片方の肩を上げ、手をこすり合わせた。車中の暖気で緊張も緩み、あの女が運転手だなんて、何の冗談かと苛ついた。冗談に付き合う余裕はなかった。

「途中に肉屋があったら停まってくれ」ドゥーカが言った。リヴィアはほどなく車を停める。数十メートル先にすぐ一軒、見つけたのだ。「みんなで降りよう」ドゥーカが言って、先に立って肉屋に入った。少年が後に付いてきているか、確かめもしない。

だが、カロリーノはリヴィアと並んで入ってきた。汚らしい栗色の髪をしたやせっぽちの少年は、リヴィアとほぼ同じ背丈だ。

「肩ロース四枚、分厚くしてくれ」ドゥーカが注文した。

肉屋は親しげに笑ったが、ボロ服を着たカロリーノが目に入ると、笑顔は消えた。

「わたしの連れだ」ドゥーカが言った。

カロリーノは下を向き、険しい目をした。みすぼらしいのはわかっていたから、店にいるのが恥ずかしかった。

「それから、茹で肉《ボッリート》を一キロ半」

「極上のトモバラをあげますぜ、美味しいよ」肉屋が言った。

ドゥーカはタバコの箱をカロリーノに差し出した。「吸いなさい」火を点けてやる。「今度は食料品店を探さないと」車に乗りこみながら、リヴィアに言った。

食料品店はさほど遠くなかった。「ほら、あったわ」リヴィアは車を停めた。

「降りたくなければ」ドゥーカが言う。「わたしたちが買い物している間、車で待っていてもいいぞ」

ボロ服の少年は恥ずかしそうに見えた。

カロリーノはちょっと考えてから言った。「うん、車の中にいる」ポリ公と運転手が食料品店に入るのを見ていた。店は客で一杯だ。暫くもどってこないに違いない。それから、スターターに刺さった小さな鍵を見た。ポリ公は抜いていかなかった。と、そのとき、それまで頭の中で駆けめぐっていた考えが、恐怖に駆られて立ち止まり、別の考えと一つになった。やっと、わかってきた。試されている。逃げるかどうか見たいのだ。逃げようと思えば、今、この瞬間にでも、この車で逃げられる。もちろん運転はできる。免許はなくても、十八歳未満でも、この車で走り去ってしまえばいい。でも、どのくらい遠くまで行けるだろう？　タイヤとホイールを売るにも、買い取り屋が見つかるまでに捕まってしまう。捕まってしまえば高く付く。一リラも持っていないのに、このまま逃げるのは愚かすぎる。いいチャンスがあれば、そうさ、そのときはやってみよう。でも、なければ駄目だ、しかたがない。

「さて、今度こそ家に帰ろう」食料品店から出ながら、ドゥーカはリヴィアに言った。少年がいるのを確かめもせず車に乗りこみ、それから後ろを振り返った。「腹が減ったか？」

「ああ、少し」少年は反射的に答えた。空腹にはもう何年も、たぶん生まれたときからつきまとわれ、完全に追い払えたことはなかった。

「もうすぐだぞ」と、ドゥーカ。

日が暮れて、霧がますます濃くなっていた。車はパスコリ通りをゆっくりと越え、レオナルド・ダ・ヴィンチ広場に停まった。

「おいで、カロリーノ」と、ドゥーカ。上がっていくと、ロレンツァがドアを開けてくれた。「友達を連れてきたから、夕食をいっしょにしよう」妹に言った。「この人はわたしの妹だ。おいで、カロリーノ」バスルームへ連れて行く。ドアを閉め、バスタブの湯栓をひねった。「ぜんぶ脱いで、服はあっちの隅に集めておきなさい」少年は言われたとおり、隅っこに行って、服を脱ぎはじめた。ドゥーカはタバコに火を点け、少年に渡した。「シラミはいないだろうな?」

カロリーノは首を振った。「ああ、シラミはいない。けど、ナンキンムシはいる」

「それは、ベッドかマットにいるだけだろ?」

「そうだけど、うじゃうじゃいるから、中には体に付いてくるやつもいる。ぼくにはそんなにいないけど」

「ならよかった」ドゥーカは言った。湯を止めたが、湯気が霧のように部屋中に拡がっていた。冷水の水栓を少しだけひねる。自分もタバコに火を点けた。三口吸ったころには、少年はすっかり裸になり、すでに汗をかいていた。「風呂は熱いのとぬるいのとどっちが好きだ?」

カロリーノは首を振った。「入ったことない。ベッカリーアではシャワーだけだったし。ほとんど水だったから、いやだった」

「じゃあ、足を付けてみろ、これでいいかどうか」ドゥーカが言う。少年はやってみて、このくらい熱いのがいいと言った。

「いきなりじゃなく、そろりそろりと入るんだぞ」骨と皮ばかりに痩せ、ナンキンムシの食い痕だらけの細長い少年が、バスタブに浸かるのを見ていた。「こうやって、体を伸ばして。気持ちいいか?」

「ああ」少年は言った。

「そこでそうやって待っていろ、すぐもどるから」ドゥーカは少年が脱いだ衣類や靴を腕に抱え、バスルームを出て、キッチンの小さなテラスへ駆けこんだ。そこにあるダストシュートの穴に、一つずつ投入していると、靴が落ちるとき、ものすごい音がした。

「何をしてるの?」妹がテラスに顔を出した。

「害虫駆除」言い残して、急いでバスルームにもどった。少年はのぼせて赤くなっていたが、お湯は薄黒くなっている。「ほら、ここにウォッシュ・グローブがある。見たことはあるか?」

「いや」

「こうやって手袋みたいに嵌めて、反対の手で石鹸を取ってこすりつけてごらん。じゅうぶん石鹸が染みこんだら、その手袋で体中をぬぐって、しっかり泡を立てるんだ」

いちいち細かく説明してやり、しばらく見ていた。少年はすぐに理解し、自分でちゃんと洗ったが、お湯を換えなければならず、時間がかかった。すっかり綺麗になってバスタブから出たときには、髪の色が明るくなって、ブロンドに輝いていた。外からロレンツァが叫んでいる。「ドゥーカ、パスタを入れてもいい?」

「あと十分もすれば、準備完了だ」ドゥーカが応えた。自分のパジャマを少年に着せたが、丈はさほど長すぎることもなく、ズボンと袖を折り返すだけでよかった。ただ、身幅はかなりぶかぶかで、柔道の練習着のように見えた。

十二分後、四人ともキッチンのテーブルに着き、ロレンツァがミートソースのフェットゥチーネを取り分けた。「この子にもっと入れてやって」ドゥーカが言うと、妹は、ザルに残っていた湯気の立つパスタを全部、少年のお皿に移した。

カロリーノは目の前のパスタの山を見ていた。ロレンツァがミートソースをかけると、山は赤く染まってますます高くなり、さらに、粉チーズの白い雪が被さった。だが、リヴィアとロレンツァが笑いかけても、目をそらしても、少年はためらい、恥ずかしがっていた。そばにいたドゥーカがフェットゥチーネを混ぜてやり、手にフォークを持たせた。「食べなさい、何も心配はいらないから」

カロリーノはますます赤面したが、皿だけを見て食べはじめた。二人の女性の存在が気になって居心地が悪く、そのためますます疑り深くなっていた。それでも、とても腹が減っていたので、そのうちフォークの持ち方も気にしなくなり、口からパスタがはみ出そうが、音を立てて吸いこもうが、どうでもよくなった。ドゥーカはトランジスタラジオをつけた。みんなが黙っていたからだが、ラジオの長話はカロリーノの気に入ったようで、ニュースを読みあげるリズムに合わせて食べているようにも見えた。カロリーノの皿に盛ったフェットゥチーネはとんでもない量だったが、ドゥーカには、ある種の施設から出所したばかりの者の食欲が、容易に想像できた。現に、パスタの山はあっという間になくなっていた。

「あの子の肉には、卵をのっけてくれよ」コンロの前にいるロレンツァに言った。

「ええ、わかってるって」

一瞬の後、カロリーノの目の前には、卵をのせた分厚いステーキが置かれ、ジュージュー音を立てていた。少年は目を丸くして、ドゥーカを見た。

「ワインを少し飲めよ」ドゥーカはグラスに注いでやった。肉に卵。たぶん、生まれてから一度も、自分の皿の上にこれほど大量の肉がのったのを見たことがなかったのだろう。少年は骨と皮ばかりとはいえ、結核にはかかっていなかったが、鑑別所や孤児院の食事を続けていれば、いつ罹患してもおかしくなかった。カロリーノはこの肉塊と卵を前に、どこから手を付ければよいかもわからなかった。

それでも、本能が知らせたのか、まず肉からむさぼり食うことにして、最初はナイフを使い、骨が剝きだしてくると手づかみで骨をしゃぶって、ほとんど何も残さなかった。それから、ひと切れのパンとフォークで卵を平らげた。

「飲みなさい」ドゥーカはまたワインを注いでやった。少年はひと息に飲み干した。三杯目を入れてやる。「これは少しずつ飲みなさい」

カロリーノは赤くなっていた。この手の少年が赤くなるのは珍しかった。ラジオからは歌が流れ、ドゥーカは指でテーブルを叩きながらリズムをとっていた。ロレンツァとリヴィアは小声で話している。小さなキッチンは暖かく、料理のよい匂いがこもっていた。カロリーノは汗を光らせ、ときどきワインをすすっていたが、目はずっと伏せていた。

「タバコは?」リヴィアがテーブル越しに箱を差し出した。

カロリーノは、女の顔中にある小さな傷痕を見た。なんだろう? あんなに傷があるのに、女は美しかった。目の前にマッチの火がある。ドゥーカが手を伸ばしていた。タバコに火を点け、ゆっくりと吸った。ドゥーカがもう一本くれたから、それも吸った。もう、目は伏せていない。回りをきょろきょろ見ているが、誰とも目は合わさない。ときどき、唇が半開きになり、笑いがもれそうになる。三杯のワインで警戒心が薄れていた。タバコを吸い終わる頃には、瞼をパチパチさせていた。

「眠いのか?」ドゥーカが訊いた。

カロリーノはタバコを灰皿でつぶしたが、なぜかポリ公に霧がかかって見えた。「眠いに決まっているでしょう」女の声が聞こえた。きっと、あの顔中に小さな傷痕のある女の声だろう。「どうしたの?」別の女の声が、ほぼ耳元で聞こえた。それから、ポリ公の手が肩にかかるのを感じた。「おいで、カロリーノ。ちょっと疲れているだけだよ」ポリ公の手が腕をつかんだが、荒っぽくはなく、父親のようだった。カロリーノは立ち上がって、ポリ公に身をまかせ、導かれていく。疲れて意識は朦朧としていた。どこへ向かうかもわからず、なぜこれほど眠いのかもわからない。たぶん、酔っぱらったのだろう。またポリ公の声が聞こえた。「ここに座りなさい、ベッドの上に」少年はどこにベッドがあるかも確かめずにうなずいた。だが、ポリ公が座らせてくれ、ベッドに寝かせて、布団をかぶせてくれた。ポリ公の手を感じた。「疲れているだろう、眠りなさい」枕もマットレスもやわらかく、シーツは、施設のザラザラするのとは違って、すべすべしていた。ポリ公が灯りを消してくれたのか、それとも、自分が瞬時に眠りに落ちたのか、わからなかった。

5

物音で目が覚めたのではなく、眠りが満たされて目覚めた。窓のよろい戸から縞々の光が見える。光の感じから、外は霧が濃そうだと思った。それから突然、ベッカリーアにいるのではないとわかって、思い出した。ポリ公に施設から連れだされてから、眠気に襲われたときのことまで、すべて。スクッと起き上がり、座ったままどこにいるのか見回した。小さく簡素な部屋だったが、それでも贅沢に思えた。洋服ダンスに整理ダンス、白木の椅子が二脚にナイトテーブル、他には何もなかったが、たったそれだけでも、少年にとっては、ちゃんと家具の備わった、物で溢れた部屋だった。ナイトテーブルの上には、黄色い電気スタンドと、十一時四十分を指した小さな目覚まし時計が置いてあった。これまでたっぷり眠ったことなどなかった。あくびをしたが、そのときには、もう考えが固まっていた。その考えは、夜の間に頭の中で大きくなっていた。ポリ公は騙したいのだ。こんなによくしてくれるのは、騙そうとしているからだ。何もないのに、何かをするやつはいない。カロリーノは、ポリ公が甘い言葉の代わりに何を欲しがっているのか考えた。真実を知りたかった。

スッキリしていた。

裸足のままベッドから降り、ガラス窓を開け、よろい戸も開けたが、寒くてすぐ窓を閉めた。何も見えない、ほとんど何も。窓は中庭に面していたが、霧が深く、すぐそばにバルコニーと窓があるのがわかっただけだ。

「おはよう、カロリーノ」

カロリーノはびくっとした。ポリ公が、手に抱えた大きな包みと箱を、ベッドの上に投げだすのを見ていた。「おはようございます」

「ございますはいらないよ」ドゥーカが言った。「ここは鑑別所じゃないんだから」

「はい、わかりました」また敬語で応えてしまったため、自分でも笑った。ポリ公に連れられて、バスルームへ向かう。「よく洗いなさい。石鹸が減るのは気にしなくていいから」それだけ言うと、少年を残して、ロレンツァとリヴィアのいるキッチンへ行ってしまった。バスルームから出たのがわかると、またそばにもどってきて、少年が寝た部屋へ連れて行き、大きな包みを開いた。中には、ソックスからセーター、シャツ、ネクタイにいたるまで、身支度に必要な物が全部入っていた。薄いグレーのスーツも、箱に入った靴もあった。

カロリーノは、これが全部、自分のための服かと思いながら、それらを見ていた。振り向くと、ポリ公が言った。「きみに合うか、ちょっと見てみてごらん。ぱっと見で選んだ物だから」リヴィアに、百貨店《リナシェンテ》で、男の子の着替えに必要な物――いつか警察署の経理部が、立て替えた経費を返してくれるだろうか、いや、駄目か――を買ってきてもらったのだ。目が利くリヴィアは、趣味のよいものを選んでくれた。

カロリーノには着なれない服だろうと思い、着替えを少し手伝った。ベルトをきちんと締め、ネクタイをていねいに結んでやると、まるで粘土細工のように、自らの手で少年は変身していく。髪がこんなに伸びきって寝癖が付いていなければ、若い紳士のようだ。リヴィアの見立てがよく、寸法も測っていないのに、サイズはほぼ合っていたが、袖だけはやはり少し短かった。カロリーノは肩幅に比べて腕が長いのだ。「よさそうだな」ドゥーカが言った。「足りないのは、あと二つ。髪を切って髭を剃ること、少なくとも長髪はなしだ。それにコート。それでＯＫ」

午後になり、理髪店へ行ったあと、カロリーノは買ったばかりの薄いグレーのコートを着て、ヴィットーリオ・エマヌエーレ二世通りの柱廊で鏡を見てみたが、自分ではない気がした。気持ちよく切りそろえた爪も、自分の手ではない。ポリ公を見て、いっしょにいた顔中に傷痕のある女の人も見て、目を伏せた。

その日、ポリ公は映画に連れて行ってくれた。次の日は、霧でよく見えなかったが、小さな湖の畔《ほとり》にある田舎のレストランに連れて行ってくれた。ポリ公はいつもあの女の人を伴っていたが、恋人なのか、婦警なのか、よくわからなかった。二人とも優しかった。質問攻めにされることもなく、食べ物からタバコまで、必要な物はもらえたし、ずっと細心の注意を払っていたからかもしれないが、監視されている気はしなかった。逃げたくてうずうずする気持ちは、ベッカリーアの寄生虫よりひどかったが、少年は賢かった。ポリ公がただで鑑別所から出してくれるわけはないし、ただで食べさせたり、遊びに連れだしたりしてくれるはずはない。ポリ公とかその類の人間なんか好きになったことはないのに、このポリ公には、どこかとても好ましいところがあって、自分を鑑別所の悪童ではなく、普通の人間のように扱ってくれる。尋問されたあの夜は、酷く扱われたが、ビンタ一つ張られはしなかった。今、この人のそばにいると、自分が普通の人間みたいに、警察とは何の関わりもない大勢のうちの一人だと思えた。望めば、逃げるチャンスはいくらでもある。朝から晩まで、夜だって、一階だから寝室の窓を開ければいいだけだ。一階から飛び降りることぐらい、もちろんわけはない。

五日目の午後だった。女の人が車から降り、買い物をしに店へ入っていったとき、ポリ公は初めて質問をした。車の中は暖かかったが、窓の外には霧が立ちこめ、通行人の顔は青ざめて見えた。「スイスへ行ったことはないか？」

「ない」

「おまえのクラスで、行ったことがある者はいないか？」

「知らない」

「おまえたちが先生を殺したあの夜、クラスメイトの一人が、スイスフランの五十セント硬貨を落としたのを知っているか？」

「いや、知らなかった」

ドゥーカは、たぶん不意打ちなら本音が出ると思って、こんなふうに突然、尋問を始めた。たぶん――。だが、カロリーノの返事で、こういう子は不意打ちなど食らわないのだとわかった。それでも堪《こら》えた。すでに以前、堪えきれなかった経験があるのだから、もうくりかえすことはできない。「そうか」少年に言った。「おまえは何も知らないんだな。では、手がかりをやろう。今日でわたしの元に来て、ほぼ自由になり、いい服を着て、いいものを食べ、何不自由なくなって、五日目だ。あと五日で、おまえはベッカリーアにもどらなければならない。わたしに手を貸してくれれば、もどらなくて済むようにしてやれるのに、残念だよ。身元引受人になって、責任を持っておまえを養育し、仕事を見つけてくれる人物を知っているんだが。その人の世話になれば、おまえはベッカリーアにもどらなくていい。まだ五日間、考える時間がある。おまえのような子供にも、わたしは忠告などしない主義だが、今回だけは言っておく。鑑別所と刑務所のお得意様でいる代わりに、学校であんな虐殺を企んだ卑劣な女、あるいは男を、牢屋に入れるのに協力して、一般市民にもどらないか。今は答えなくていいから、よく考えなさい」

カロリーノは、霧の中から、顔に傷痕のあるポリ公の彼女が出てくるのを見ていた。車のドアが開き、霧を払いのける冷たい突風と笑顔が入ってきて、彼女は運転席に座った。「本を二冊買うだけなのに、すごい混雑だったわ！」本の包みを、後部座席のカロリーノのそばに置いた。「ドゥーカ、なんて暗い顔してるの」言うと、エンジンをかけた。

「友達と喧嘩したんだ」カロリーノの方に顎をしゃくった。「手を貸すのもいやだし、ひと言も言いたくないそうだ。もっと賢い子だと思っていたのに。残念だよ」

カロリーノは、ポリ公から、こんなふうに愛情深くからかわれたことがなかったので、ますます疑り深くなり、殻に閉じこもってしまった。レモンのように絞って、知っていることを全部吐かせたら、また鑑別所にぶちこむつもりなんだ。いや、そんなことさせてたまるか。「そんな、賢いわよ！」運転に気を配りつつ、リヴィアは熱心に言った。風で霧が巻き上がり、ときどき、埃っぽい光の筋が射しこんでくる。「とっても賢いんだから！」

駄目だ、そんなことさせてたまるか、言わせようとしても無駄だ。そんな手に乗るものか。次の日――六日目――には、ポリ公は何も訊かなかった。その次の日も同じ。ミラノ中に散歩に連れだしてくれ、初めて訪れた観光客のように街を巡った。なぜだ？　ドゥオーモの屋根にまで上がったり――カロリーノにとっては初めてだった――午後は毎日のように映画に行き、夜はバールにテレビを見に行ったりするのには、理由があるはずだ。ポリ公たちは、理由がなければ何もしないはずなのに。そのせいもあって心はざわつき、夜はほとんど眠れなかった。六日目、七日目、八日目と、あっという間に過ぎていった。あと二日で、ベッカリーアに送りかえされる。でも、しゃべったところで、やっぱりまた、ベッカリーアにぶちこまれるだろう。

八日目の午後一時頃、ドゥーカ、リヴィア、ロレンツァ、そしてカロリーノの四人とも、テーブルに着いていた。少年が頭を低くして、うずら豆とパスタのスープを食べていると、ドゥーカが言った。

「タバコを切らしていた」

「その方がいいわ」と、リヴィア。「食卓では、吸わないものよ」

「そうだな、だが、後で吸うから、買ってきてもらった方がいいな」言うと、ドゥーカはポケットから一万リラ札を取りだし、少年に差し出した。「カロリーノ、すまないが、スープを食べ終わったら、タバコを買ってきてくれないか」

「もう、終わったから」カロリーノは立ち上がった。一万リラ札を受けとると、ちょっとまごつき、ぎこちないしぐさでジャケットの内ポケットに入れた。

「すぐもどるのよ。でないと、お肉が冷めちゃうわよ」ロレンツァが言った。

「すぐだよ」カロリーノは応えた。

6

外に出た。陽が射していた。空気は澄みきっていないが、パスコリ通りの街路樹は、葉はなくとも陽の光をまとい、目に見えない金色の葉に覆われているようだ。農夫の息子であり、孫であり、曾孫でもあるカロリーノは、この寒さと辺りに漂う埃っぽい霧にもかかわらず、本能的に春の匂いを嗅ぎとっていた。他の農場の子たちと田舎にいるんだったら、父ちゃんが生きていた頃のように、鳥の巣を探しに行ったり、まだ水の冷たい渓流で遊んだりするのになあ。いや、もう父ちゃんは死んじゃったんだ、そんなことは考えない方がいい。

「輸出用を二箱」カウンターの後ろにいる婆さんに言った。「それとキナ酒（キナの樹皮から抽出されたキニーネの入った苦みのある食前酒）、ストレートで」キナ酒を飲みながら、ずっと頭の中で温めていたことを考えた。

逃げるんだ。もう、我慢できなくなっていた。いや、まちがいかもしれない、きっとすぐに捕まって、ただでは済まなくなる。それに、どこへ行くのか決めないと。選択肢は多くない、つまるところ二箇所だ。田舎へ帰って、友達のところへ身を隠せば、助けてくれる女の子もいる。でも、どのくらい持つだろう？　警察はきっと探しに来るし、見つからなかったとしても、何年も田舎で、野原や干し草置き場に隠れていることなどできない。

もう一箇所の方が確かではあるが、行きたくなかった。キナ酒をすすり、どこへ行こうか考えた。

もちろん、逃げずにポリ公のところへ帰ることも考えた。それが、より正しい気がした。でも、ポリ公のところへもどるということは、ベッカリーアへもどるということだ。何年？　学校であんなことがあったんだから、十八歳までに決まっている。それから更正施設か、ありがたくもない、あんな半分牢屋で、半分工場みたいなところ。少なくとも二十一歳までは檻の中ってことだ。あと七年。幼い少年にとっては、七世紀よりも長く思えた。

「いくら？」タバコ屋に一万リラ札を渡した。手がちょっと震えていた。決めたのだ。突然、揺れ動いていた気持ちが固まった。おつりを受けとって、店を出る。

それでもまだ、外に出ると一瞬、ためらった。ポリ公の家までは百メートルもない。角を曲がれば、レオナルド・ダ・ヴィンチ広場だ。家に着けば、手の震えも止まるし、心臓の鼓動ももとにもどるだろう。だが、ベッカリーアの建物や大部屋や廊下が目に浮かび、消毒液のツンとする匂いが甦ってくると、逆方向の市の中心街へと向かっていた。逃げたのだ。

黒い小型車、地味なフィアット一一〇〇が、反対側の歩道に停まっていた。少年が二十メートルほど行ったところで、がっちりしたマスカランティが一一〇〇から降り、運転席にいるやはり逞しい警官に言った。「わたしは歩いて後を付けるから、きみはこの王様の馬車で付いてきてくれ」

「はい、閣下」若い警官は冗談めかして言った。

カロリーノは後ろをけっして振り向かず、かなり急いで歩いていた。後を付けられているとは思いもしなかった。マスカランティがこの八日間、散歩に連れだされた少年とドゥーカの後を付け、昼となく夜となく一瞬たりとも監視を怠らなかったことなど、思いもよらなかった。夜も一一〇〇をドゥーカの家の近くに停め、夜が明けてマスカランティと交替するまで、同僚が番をしてくれた。少年はいつでも自由に逃げられる気でいたが、そんな気がしただけのこと。ずる賢いとはいえ、しょせんは少年、こんなことも予見できなかった。

事実、振り向きもしなかった。早足でも、ゆっくりでもなく、ごく普通の速度で、パスコリ通りの陽の当たる側をずっと歩いていった。外はかなり寒かったので、暖まりたかったのだ。ちゃんとした服を着て、髪もきちんと整えていたから、後を付けるマスカランティと、一一〇〇を運転する警官以外は、誰も少年を見たりはしなかった。イザイア・アスコリ広場に出ると、歩を緩め、タバコ屋兼バールの前で立ち止まった。

カロリーノはタバコに火を点け、手がまだ震えているかどうか確かめた。まだ道半ばだったが、心の中では、ためらいがまた頭をもたげてきた。別の選択肢が浮かんだ。ポリ公のところにもどって、知っていることをすべて話す。それでどうなる？　ちょっと考えた。ポリ公は話を聞いてしまえば、もう用済みと思って、ベッカリーアに送りかえすだろう。いや、そうじゃないかも？　ポリ公は、話せば、ベッカリーアには送りかえさない、身元を引き受けてくれる人の家に行けるから、そのうち働けるようになる。そうすれば、牢屋や鑑別所に長居する乞食なんかでなく、ついに一般市民としての生活がはじまると言っていた。それに、あのポリ公のことは好きだ。いい人そうだし、ポリ公の妹も、あの女の人もいい人そうだ。顔中傷痕だらけだったけど。八日間、一日中、見続けていたから、あれが何の痕かわかった。子供のときにかかる病気、名前は思い出せないけど、あの病気をやってあんな顔になった子に会ったことがあった。切り傷じゃない。だって、顔中だし多すぎる。あんな傷、どうやったらつけられる？　少年には、みんなが善良で、心から自分を助けようとしてくれているように思えた。あの人たちのところへ帰った方がいい。

しかし、鑑別所に対する怖れは、何よりも勝っていた。警察を信用することなどできない。また歩きだす。ニーノ・ビクシオ通りを突っ切り、環状道路を横切ってずっとまっすぐ、城壁も越えて最後の短い道を抜けると、エレオノーラ・ドゥーゼ広場に出る。静かな広場に面した門の一つをくぐったが、すぐには中に入らない。門番に見られないよう、教えられていたやり方に従った。さほど難しくはない。門番はたいてい自分のアパートにいて、門の先の通路の中ほどで、低い鉄柵に付けてある呼び鈴が鳴ったときだけ、ベランダに出て誰が来たか確認するからだ。呼び鈴はバネを手で押さえておけば、鳴らなかった。カロリーノは手慣れたもので、巧くやったので、音は鳴らず、ベランダに門番の人影は見えなかった。

最上階まで上るのだが、エレベーターより階段の方が人に会う危険が少ない。最上階からさらに階段を上ると、屋根裏部屋《ペントハウス》がある。踊り場にドアが一つだけあって、小さな表札にドメニチと書いてあった。呼び鈴のボタンを押す。

しばらく待った。誰もいないのかもしれない。もう一度、押す。すると、ドアの向こうから、低く温かいが、ややしゃがれた女の声がした。「誰？」

「カロリーノ」

また少し待ち、一分ほどたってから、くりかえした。「カロリーノだよ」

すると、ようやくドアが開いた。

7

ドアを開けた女は、四十は越えていないと思われるが、もっと老けて見えた。刻まれた深い皺は化粧でも隠せないばかりか、目を覆った黒く大きなサングラスのおかげで、皺の間にたまった粉っぽいファンデーションが目立っていた。だが、膝上数センチのミニスカートから伸びる足は美しく、ふくらはぎの曲線に沿った銀ラメのストライプのストッキングも若々しい。

「入りなさい」

カロリーノは部屋に入った。灯油ストーブの暖気に、女の使うあらゆる香水やクリーム、口紅、マニキュアなどの香りが澱んだ、強烈な匂いが鼻につく。女に続いて薄暗い控えの間を抜け、隣の部屋へ入ると、今度は黴くさいタバコの灰の臭いがした。マリゼッラはいつもタバコを吸っていて、部屋中いたるところに、もちろん床にまで、特大の灰皿を置き、あふれるまで吸い殻を捨てなかった。

マリゼッラは少年を見た。「ベッカリーアにいるはずじゃないの?」それから、タバコに火を点け、まるで違う子になったカロリーノを、じろじろ見た。新しい服、散髪した髪、白いシャツ、ピカピカの新しい靴。着る物が変わった理由がわからず、気に入らなかった。それに、ベッカリーアの子はベッカリーアにいるべきで、外にいることも気に入らない。

「出してくれたんだ」カロリーノは言った。ここまで来たら、もう手は震えていない。よかったか悪かったかわからないが、来てしまったからには、ベッカリーアへもどらずに済むよう、マリゼッラが何とかしてくれるだろう。

「ちゃんと全部、話しなさい」マリゼッラは言った。天井が傾斜した小部屋は、壁の一面が全面ガラス張りで、ルーフテラスが見えている。花の咲いていない花木や土だけ入った植木鉢がぎっしりと並び、真っ白い床はあちこち吸い殻で汚れていた。寂れきった空中庭園らしきものだが、ささやかな陽射しと青空、霧を払う風にも恵まれて、黄昏の頽廃的な色彩が、テラスを鮮やかに染めていた。

「……それで、ぼくを自分の家につれていって、上着とかシャツとか、全部新しいのを買ってくれて……」椅子の肘掛けに腰をのせ、カロリーノは話をした。マリゼッラは、直射日光が顔に当たらないよう、ガラス窓に背を向け、じっと立ったままだ。カロリーノがしゃべればしゃべるほど、立ち尽くすマリゼッラは硬直し、もうタバコも吸わず、指に挟んだまま腕を下ろしていたので、やがて火も消えてしまった。

「ポリ公は、全部知りたがってるんだ」カロリーノは話し続けた。「ぼくをベッカリーアから出したのも、そのためだけど、ぼくはひと言もしゃべらなかったよ」ポリ公の甘い言葉に負けなかったことに満足し、少しは認めてもらえたかと、相手の表情を窺った。期待どおり、マリゼッラは「いい子だね」と言ってくれたが、その「いい子だね」は、にこりともせず、サングラスをかけたままの無表情で、抑揚もなく発せられたので、慰められるどころか、怖くなっていた。

「……で、もう二日ほど、手元に置いたら、その後はまたベッカリーアに送りかえすっていうから、ぼく、ベッカリーアにはもどりたくなくて……」説明を続けた。

サングラスで見えないが、少年を見つめる女の目には、憎しみがこもっていた。それで、自分のところに来たのか、よりにもよって、と憎々しく思った。

「後をつけられるとは思わなかった?」咎める口調ではなかった。

「え、なんで?」思わず口に出た。もうポリ公の家にいるのに、他のポリ公が自分の後をつけるとは思えなかった。

「あんたを、こんなに簡単に逃がさないためよ」全神経と芝居心を総動員して、辛抱強く説明してやる。この瞬間にも危険が迫っているとわかっているのは、自分だけなのだ。「あいつらだってバカじゃないんだよ、自分らの仕事は心得ているさ。あんたが逃げりゃ、追ってくるよ、どこへ行くか見ているのさ」で、このマヌケは、まさしくここへきたわけだ。

カロリーノはどう考えてもおかしいと、まだ反抗した。「でも、今日までずっと、逃げようと思えばいつでも逃げられたのに……」

「そりゃそうさ。で、あいつらは、いつでも後をつけられるよう、待ちかまえていたのさ。今日、やったみたいにね」冷静に説明した。危険なときほど、冷静でなければならない。

カロリーノはちょっとの間、黙りこみ、屈辱に耐えていた。信じられなかった。「でも、それ本当?」無邪気に訊いた。

「まちがいないよ」女は言った。「とにかく、テラスから見てみよう」全面ガラス張りの戸を開けた。カロリーノを引きつれて外に出ると、小さな飾り煙突のそばの手すりに近づき、身は乗り出さずに、下のエレオノーラ・ドゥーゼ広場を見た。

ベテランの売春婦は、三十メートルの高さからでも警官を見分けられる。小さい広場は駐車した車でほぼ埋まっていたが、車が往来できるようリング状に隙間があった。「ほら、あの一一〇〇のそばにいる二人だよ」

カロリーノは見た。たった十四歳、鑑別所暮らしもベテランとはいえず、何のベテランでもなかったが、悪い仲間と付き合った数年の経験と、持ち前の観察眼で、遠くからでも警官に共通する体格はすぐ見分けられる。一一〇〇のそばの二人を見ると、震え上がった。この高さからでも、二人のうち一人は、上着の丈が長めだとわかった。ということは、上級警官でチームのボスだ（マスカランティだった）。同僚の方は、逞しい四肢に丈の短い細身の上着だから、パトカーや囚人護送車の運転をしたり、上級警官と組んで待ち伏せしたりする下っ端だ。カロリーノは思わず、警官二人から見られないよう後ずさりした。マリゼッラの指示ではないが、へまはできない。「で、これから？」話しかけたのではなく、口から出た。唇をパクパクさせながら、ベテラン売春婦を不安げに見つめる。で、これから？　考えこみ、また口にした。「で、これから？」

訊かれた女、マリゼッラ・ドメニチは応えず、部屋に入って腕時計を見た。もうすぐ一時だ。「今、考えるから」後ろから入ってきた少年に言った。「何か飲み物か食べ物でも欲しかったら、キッチンに行きな」

「いらない」と、カロリーノ。不安に曇った目で女を見、外のテラスを見つめた。さっき見た警官二人が、すぐそこに張り付いている気がした。何気なくタバコに火を点けたが、吸いたいわけではなかった。

「ちょっと、あっちにいるから」ドアを開け、寝室に入った。起き抜けはいつもだが、疲れていた。一時前に起きたばかりだったし、思いがけない客に神経が苛立ち、よけいに消耗していた。ベッドに座り、ナイトテーブルの引き出しを開けた。中には、あらゆる場合に備え、抗鬱剤や興奮剤など様々な薬のカプセルや小瓶が一杯、入っていた。そこから小瓶を選び、中に入ったドロップを口に入れると、テーブルに置きっぱなしにしていたコップの水を少し飲み、顔をしかめて飲みくだした。それから、サングラスをかけたままベッドに横たわり、薬効で力が湧いてくるのを待った。

「ちくしょうめ」カロリーノのことを考えた。ここまで警察を連れてきやがった。警察が独力でここにたどり着けるはずはなかった。「ちくしょうめ」考え続けた。もう、逃げ道はない。警察は、この家に彼女、ドメニチが住んでいることぐらいすぐ突きとめるだろう。簡単だ――苦々しげに高笑いした――ドアには表札が出ているのだから。そして、指名手配がかかる。それでなくても神経が参っているのに、尋問なんかされたらひとたまりもない。早々に全部吐かされてしまう。

ドロップが効いてきた。微かな力と気分の高揚が、胃から脳へと上がっていく。心臓は高鳴り、血の巡りがよくなって、顔もわずかに火照りはじめた。たぶん、助かる方法はある。確信はなかったが、さっと立ち上がって行き、タンスの引き出しを開けた。衣類の隙間にあった箱をがむしゃらに開けると、ジャックナイフが入っていた。

以前、この箱には、彼女がフランコーネに贈ったリボルバーも入っていたが、フランコーネは刑務所で死んでしまい、リボルバーは警察に取り上げられた。そして、今や独り身となった女は、フランコーネの思い出に胸を焦がし、もう一つの形見であるナイフを手にしていた。フランコーネはナイフの使い手で、バネの解除ボタンを押して刃が出たときには、もう刺していた。

女もやってみた。最初は驚いて跳び上がった。気づかずにナイフを自分に向けて持っていたため、刃が腕を掠ったのだ。怖さに苦笑する。もう一度、フランコーネに教えてもらったとおりやってみる。解除ボタンを押す前、ちょっとだけ震えていた。「……こうやって」穏やかな声で、熱っぽく語っていたものだ。「相手の体に暴行を加えるのと同時に、刃を飛びださせれば、刃はすっぽり入るだろ、雄牛でもいけるぜ」

　フランコーネの説明を思い出しながら微笑み、ナイフで何度も空を切ってみた。ドロップのおかげでますます力が漲り、気分も上がってきた。幸せだった。この多幸感を当てにはできないが、おかげで機転は利くし、動作は機敏になり、感覚も研ぎ澄まされる。ナイフを椅子の上にあったハンドバッグに入れ、洋服ダンスから毛皮のコートを出してはおった。ミニスカートと同じショート丈の赤黒いフェイクファーは、サングラスと濃い口紅で十分派手な女を、よりけばけばしく見せた。

「どつぼから出してやるから、安心しな」部屋にもどってカロリーノに言うと、キッチンに入って、コニャックをコップ半分ほど注いだ。「いるかい？」ついてきた少年に訊いた。カロリーノはいらないと言い、女は噎せて咳きこんだが、もう一口飲んだ。「あんたは、ここから出ていきな。すぐだよ、屋根伝いにね。覚えているかい、前にもやっただろう」

　カロリーノはうなずいた。覚えていた。この屋根裏部屋《ペントハウス》のテラスからは、簡単に近くのテラスに飛び移ることができ、そこからまた次のテラス、次のテラスへと移っていけるのだ。そして、蝶番が壊れた小さなドアをこじ開けると階段があって、降りた先の中庭から、この街区《ブロック》の反対側を走るボルゲット通りに出られた。「でも、あのときは暗かったけど、今は昼間だから、窓から見えちゃうよ」言い返した。

「そうかもね」女は言った。「だけど、見つかっても、逃げるんじゃないよ、そんなことしたら終わりだからね。あんたはボルゲット通りに住んでいて、友達と賭をしたから、この辺りのテラスを一周しているんだって説明しな。子供だから、信じてくれるよ」

確かにいい口実だ。カロリーノは、やっぱりマリゼッラは賢い、もう大丈夫だと思った。

「これで、墓堀人どもが、この下のドゥーゼ広場であんたを待ち伏せている間に、あんたは反対側のボルゲット通りに出られるってわけさ」

二人とも笑った。女にはドロップが効いていたし、少年は無邪気なだけだった。「あたしは、ここから普通に出て、車に乗るから。クソッタレ二人があたしを見たって、ここに出入りするたくさんの人間の一人にすぎないからね。あんたがあたしを訪ねてきたことも知らなければ、あたしら二人が友達だってことすら知らないだろ。あいつらが待っているのはあんたで、あたしじゃないんだからね」少年がうなずくのを見るのは気分がよく、計画は完璧に思えた。「車でマイノ通りの角まで行って待っているから、あんたがボルゲット通りの建物から出てきたら、すぐ乗せて、いっしょにトンズラだよ」

カロリーノはまたうなずいたが、やはりまだ少し怖かった。

「ほら鶩っ鼻、行きな。さっさと動いた方がいいんだよ」女は言った。二人で部屋にもどり、女はガラス戸を開けた。「しっかりやんな」

カロリーノはためらった。「ほんとに、マイノ通りにいる?」

「なんで、いないのさ?」女は言った。「あんたが捕まりゃ、あたしも捕まるんだよ、わかってんのかい」

これで、安心しただろうと思い、少年が下の、屋根裏部屋も何もない簡素な屋上テラスに降りて行くのを見ていた。やがて、次のテラスとの境に張られた有刺鉄線をつかんだ。そのテラスには屋根裏部屋があるが、通り抜けるのは簡単だ。さて、今度は自分が行かなければ。よろい戸をすべて降ろし、ストーブを消して、足がつきそうな物はないか確かめ——だいじょうぶ、何もない。いずれにせよ、その手の代物はもう持っていなかった——踊り場に出てドアを閉めると、階段を降りる。最上階からエレベーターに乗り、あっという間に門を抜けて、ドゥーゼ広場へ出た。一一〇〇のそばでクソッタレどもがこちらを見て、自分の姿を目に焼き付けているのがわかった。好きにすればいいさ。落ち着きはらって、サルヴィーニ通りに停めてあった自分のフィアット六〇〇まで歩いていった。ドアを開けて乗りこむと、エンジンを吹かし、サルヴィーニ通りから出て、他の車と並んでヴェネツィア通りを走り、右に曲がってマイノ通りに入った。

ボルゲット通りを越えると、角の新築ビルの前のスペースに車を止めた。時計を見て、タバコに火を点け、ハンドバッグを開けてナイフを確かめてから、煙を吸い、また時計を見た。一分ちょっとしかたっていない。それから十分も待たされた。カロリーノが何かやらかしたのではないかと、心配になりはじめたころ、ボルゲット通りの奥から近づいてくる姿が見えた。走るような速さで、慌てて歩いている。あれでは、見る人に逃げているると教えているようなものだ。バカが。ドアを開けてやると、追われる者さながらの体で、跳び乗った。

「何かあったのかい？　何で、こんなに時間がかかったのさ？」

「わかんない……」カロリーノは息を切らしていた。「テラスを通ってたら、婆さんに見られて、ちょうど真ん前にいたんだ……。窓が開いて、泥棒って叫ばれたから、走って逃げた」

バカが。生きていくには愚かすぎる。苛々しながら車を発進した。

第五部

化け物を逮捕して何になる？　罰を与えて何になる？　殺して何になる？　では、生かしておけば何になる？

1

リヴィアは腕時計を見た。もう二時だ。それから、ドゥーカと自分の間にある小さなチェスボードに目を落とした。タバコを買いに行ったカロリーノがもどってくるのを、チェスをして待っていた。

「きみの番だよ」ドゥーカが言った。時計は見ていない。

リヴィアが駒を動かす。カロリーノのことを考えていた。出かけてから、もう一時間になる。ドゥーカとチェスをするのは大好きだったが、カロリーノのガリガリに痩せて骨ばった顔や大きな鷲鼻が、頭から離れない。飛びだした薄い色の目は、怖れているような、挑んでいるような、曖昧な表情をしていた。

「変わったディフェンスだな。きみが考案したのか?」リヴィアの駒を見ると、ドゥーカはそしらぬ顔で皮肉った。

「からかっても無駄よ」リヴィアが言った。「モダン・ベノニのディフェンスじゃない、あなただって……」

電話が鳴って、会話は途切れた。小部屋にいたロレンツァが言った。「わたしが出るわ」少しして、キッチンに入ってきた。「マスカランティさんよ」

ドゥーカは立ち上がって、電話口へ行き、話を聞いた。「そうだな」そして、「すぐ行く」と言ってから、キッチンへもどった。悲しげな顔でリヴィアを見る。「カロリーノが逃げた。後を追ったマスカランティが、ドゥーゼ広場の建物に入るのを見たそうだ。今も見張っているが、まだ出てきていない。出てくる前に、われわれもすぐ行かないと」言いながら、チェスの駒を箱にしまった。「賭はきみの負けだ」手を伸ばす。

リヴィアはハンドバッグを取りに行って、千リラを渡した。

「カロリーノが逃げるなんて思わなかった」気落ちした声。「いい子だと思ったのに」

「いい子だよ」ドゥーカが言った。「だが、きみは鑑別所にも、刑務所にも、孤児院にもいたことがないから、ああいう子にとって自由がどれほどの意味を持つか、わからないんだよ。自由でいるためには、人殺しだってしかねないからね」

車に乗り、ほんの数分でドゥーゼ広場に着いた。二時を過ぎたばかりだ。マスカランティが言う。

「まだ、出てきていません」

「待つしかないな」ドゥーカが言った。「少なくとも、門が閉まるまでは」つまり、午後九時までということだ。「その間に、わたしは門番のところへ行ってくる」リヴィアに待っているように言い、門をくぐった。カロリーノが入ってから一時間もたっていない。低い鉄柵のところで呼び鈴がチリンと鳴り、アパートのベランダに面したドアから管理人の女が顔を出した。ドゥーカは段を三つ上り、ベランダに入った。手帳を見せると、女はすぐに、今、皿洗いをしていたからと言って謝った。若くおしゃべりで、左手にはまだ、レモン色の長い炊事用ゴム手袋を嵌めている。

「入居者名簿を」ドゥーカが言った。

女はアパートにもどり、少しして名簿を持って現れたときには、ゴム手袋もはずしていた。胸元は濡れ、タイトなセーターで体の曲線が露わになっている。

名簿に目を落とし、読みながら訊いた。「一時間ほど前、背が高く痩せた、大きな鷲鼻の男の子が通るのを見ましたか？」

若い女は、じっと考える振りをした。「いいえ……テーブルに着いていましたから。ええ、管理人だって、食事はするんですよ。この門衛所に面したドアは開けっ放していましたけど、じっと見ているわけではないんでね。見ていない間に入ったのかしら。それなら呼び鈴が聞こえたはずだけど。あのチリンという音は耳にしみついていて、夜でも夢に見るぐらいなんですから」

ドゥーカはもう話も聞かず、読み続けていた。管理人は少年が通るのを見ていなかった。ということは、誰のところへ行ったのか、どの入居者が怪しいのか、知らないのだ。名簿には名前がぎっしりと書かれ、中には線で消してあるのもあった。読みながら、話し好きの管理人に別の質問をしてみた。「入居者はみな静かな方々ですか？」非常に曖昧な質問だから、はっきりしない答えが返ってくると思っていた。

ところが、興味深い答えだった。「静かすぎるくらいよ」管理人は言った。「一階と二階は事務所で、夜七時には全部、閉まるでしょ。他の入居者はお年寄りばかりで、一番若いのが屋根裏部屋《ペントハウス》に住んでいる人。管理業者は屋階《アッティコ》って呼んでいるわね。でも、あの女性だって五十歳ぐらいでしょ。若いのは家政婦たちだけ。でも、あの子たちとはしゃべらない方がいいの、ろくなことしやしないから」

ドゥーカは名簿の最後まで見終わり、擦り切れたページに並んだ名前の中から一つ、思い当たる名字を見つけた。ドメニチ。職業が主婦というマリア・ドメニチのことは知らないはずだが、その名は聞いたことがあった。それほど前ではない。最近、見た記憶がある《新しい》名だ。立ち上がった。

「すみません」ベランダのドアの前にいた若い管理人に言った。「もし、その背が高く痩せた、鼻の大きい男の子が通ったら、薄いグレーの服を着ているのですが、その子に警官が訊きにきたことは言わないでください。いいですね？」

「なぜ、あたしが告げ口なんかするの？」なれなれしく話す。「警察から聞いたことは、言ってまわっちゃいけないことぐらい、わかってるわよ」

「ありがとう」話を終わらせ、出ていった。同類との会話に餓えた人間がいるものだ。話題は問わず、話さえ通じれば、どんな相手でもかまわない。広場を横切り、マスカランティにめくばせしてから、車で待つリヴィアの脇に座った。「家へもどろう」警察署へということだ。レオナルド・ダ・ヴィンチ広場の自宅へ帰るときにも「家へ」と言うのだが、声のニュアンスが違うため、説明しなくても、リヴィアにはすぐわかった。

署の中庭に車を停めると、降りてからドゥーカが言った。「一回りして、ウィンドーショッピングでもしてきてくれないか。ただし、ここからあまり離れないように」

オフィスに上がると、いつもの引き出しを開け、いつものバインダーを出し、すぐにその名を見つけた。ドメニチ。頭の中にあった《新しい》名はエットーレ・ドメニチ、十七歳。母親は売春業、伯母に預けられ、鑑別所に二年。虐殺に加わった十一人の少年の一人であり、このメモは、不機嫌なカルアが苛立ちながらまとめた特徴を、さらに要約したものだ。

このドメニチには、父親の他に母親がいる。同姓の他人でなければ、その母親がエレオノーラ・ドゥーゼ広場に住んでいるマリア・ドメニチだろう。いや、他人ではありえない。青と赤の色鉛筆をもてあそびながら考えた。カロリーノがあのドゥーゼ広場で、いっしょに鑑別所に入った子の母親と同じ名字の他人が住む建物に入ったとは、やはり考えにくい。

だが、ドゥーゼ広場のドメニチが、鑑別所に収容された少年、エットーレ・ドメニチの母だとすれば、売春婦ということになる。売春婦ならば、彼女に関する記録が資料室にあるはずだ。

希望に胸を膨らませ、資料室に飛びこんだ。言うまでもなく、資料室は、警察署の中で一番暗い場所で、天井に数本だけ縦に並んだ蛍光灯も、青白い光で暗さを際立たせているだけだ。言うまでもなく、資料室長は、現存する警官の中で、もっとも神経質かつ敵意に満ちた人物である。「ここの警官《ポリ》どもは、おれが分類した資料を引っ掻きまわしゃ、泥棒や人殺しが捕まるとでも思ってるのか、うまくいかねぇと、おれのせいにしやがる。そのくせ……」と、表情豊かなナポリ弁で、警官がもっとすべきことを、あれこれと語るのだ。

「お疲れ様です、ランベルティ先生」資料室長は座ったまま目も上げず、タイプライターをポツポツ叩きながら言った。

「マリア・ドメニチ、売春婦だが」年とった室長が、手短な言い方を好むのを知っていた。ドゥーゼ広場の門番のように、同類と話がしたいタイプではない。おそらく、周囲に似通った人間などいない方が、気分がいいはずだ。

「すみませんが、ランベルティ先生」室長は立ち上がった。長身で痩せぎす、やや猫背で巨大な眼鏡をかけている。「では、むろん、その女の身元も出身地も年齢も、ご存じないわけですね。記録上、売春婦のマリア・ドメニチが二十七人いたら、どうします？」言いながら、資料を収めたスチールの棚が並ぶ暗く長い廊下に案内した。

マリア・ドメニチが二十七人もいたら、どう選べばよいかわからない。ドゥーカは、二十七人よりは少なければよいがと思った。

「運がよろしいですな、ランベルティ先生」室長は奥の方の棚から引き抜いたカートン紙のファイルを差し出した。「ドメニチという売春婦は二人、そのうちマリアという名は一人だけでした」

ドゥーカは資料を食い入るように読んでいく。マリア・ドメニチに関するデータは揃っていて、結婚前の姓のファルッジに加えて、源氏名はマリゼッラとあった。彼女と結婚し、別の男性との間に生まれた子を認知した男の名はあるが、子の父親の方は戸籍に記載がない。マリゼッラの配偶者の名はオレステ・ドメニチ、通称フランコーネ（＊フランコーネに関する資料参照のこと）。片意地な資料係によって注が付けられている。記録は充実していた。正真正銘の職業に起因する《拘留》記録の列挙に加え、本業以外の種々の道楽により四度の有罪判決、合計七年間の服役。罪状は、窃盗、同僚の街娼への傷害、麻薬取引、麻薬摂取。

だが、充実はしていても、そこから推測できることはあまりなかった。勇気を出して、室長にまた頼んだ。「すみませんが、このドメニチ・オレステ、通称フランコーネの記録も出してください」手に入れると、自分のオフィスに引き揚げ、じっくり調べた。三度読んで、メモも取ったが、すべて書いてあるのに、何も見えてこない。数字も赤裸々な事実も、あまり意味がない。詳細にわたる記述だが、どれも焦点がぼけていて、真相解明につながる《何か》はない。ともかく、メモを取っていく。オレステ・ドメニチ、通称フランコーネは、思春期からずっと売春仲介業を営むプロのヒモである。二十六歳で最初の結婚、もちろん妻には売春させていた――その罪で服役――その後、その妻を同業者に――戦前の貨幣価値での話だが――二千リラで《売りとばした》。四十歳を越えると、フランコーネは麻薬取引にも手を広げ、そのかどでも数年間服役。つい最近、つまり昨年、一九六七年にも、スイスから麻薬を密輸したとして収監された。ドメニチに関わる夥《おびただ》しい記述の中にはこれもあった。一九六〇年九月二十七日、マリア・ファルッジと結婚——こうしてマリア・ドメニチになったわけだ——九歳の非嫡出子、エットーレを認知。しかし、一九六四年、このような父親とは引き離した方がよいとされ、親権を取り上げられる。法律上の息子である乱暴な少年は、伯母に当たるノヴァルカ氏の未亡人、ファルッジ女史、すなわち少年の母親の姉に預けられた。

さらに、オレステ・ドメニチに関する非常に重要な事実は、一九六八年一月三十日にミラノのサン・ヴィットーレ刑務所にて肺炎で死亡していることだ。服役の理由は、ここ数年、常習となっていた、麻薬の密輸、密売容疑。

日付も名前も住所も年齢も、すべて列挙されているのに、これらは何も語ってくれない。ただ、オレステ・ドメニチが悪者だとわかったただけだ。同様に、妻のマリゼッラの記録からは、彼女が売春婦だとわかるだけ。まるで貸借対照表《バランスシート》のようなもので、最後の一セントまで書き込まれているのに、《運営資金》には、X女史に渡す月三十万リラが含まれていたことや、そのX某が総支配人の愛人だということは、大方の人にはわからない。

ドゥーカはカートン紙の詳細なファイルから、さらに数行のメモを取り、それから兵士を呼んで、ファイルを渡し、資料室への返却を頼んだ。立ち上がる。霧はほとんど晴れていた。風が最後のひと筋まで払ってくれたようだ。死亡したオレステ・ドメニチには尋問できない。マリゼッラも尋問できない。カロリーノがマリゼッラを訪ねたことは明らかだから、二人が何かやらかすまで待つ方がいい。マリゼッラを訪ねたということは、彼女を知っていて、逃げて彼女の元へ隠れる理由があるということだ。

鑑別所へもどって、マリゼッラの息子、エットーレ・ドメニチをもう一度尋問したところで、意味はないだろう。少年らは、カロリーノも含めてみな何も知らないと言ったたし、これからもそう言い続けるに違いない。エットーレ・ドメニチだってそうだ。誰と話せば、この血色の悪い剝きだしの情報が、生気を帯びてくるだろう？

しばらく考えると、まさにこれだという答えが見つかった。取ったばかりのメモを確認すると、住所もあった。パドヴァ通り九十六番地。

「パドヴァ通り九十六番地へ行ってくれ」助手席に乗りこみながら言った。リヴィアの膝に片手を置き、軽く握って、一瞬だけ彼女を想った。

「駄目よ」リヴィアが言った。「そんなことしたら、たまらなく欲しくなる。もう、何日も前からよ。だけど、あなたはこの捜査から抜けるまで、わたしのことは想い出さないでしょ」この女性、リヴィア・ウッサロは、いつだってとてもはっきりしている。英国式の控えめな表現などけっして使わず、すべて包み隠さず明快に言ってのける。

「すまない」手を引っ込め、自らの行為を恥じた。知らずに苦しめてしまった。

2

パドヴァ通り九十六番地には、ノヴァルカ氏の未亡人、ファルッジ女史が住んでいた。小柄で痩せているが、髪はまだ黒く、グレーの地に白い水玉模様のワンピースを完璧に着こなし、胸には細い鎖で吊ったロケットペンダントが揺れていた。中に入っているのは、亡き夫、ノヴァルカ氏の写真にちがいない。この女性がマリゼッラの姉である。

「もう、警察の方には慣れましたわ」ファルッジ女史は言った。「裁判所からエットーレの保護を託されて以来、もう何年も、ここには警察の方が来られますから。あたくし、あんなやっかいなことは引き受けたくなかったのです。施設で他のああいった子供らの面倒を見てくださるなら、それでいいじゃないですか。あたくしはあの子の伯母で、母親の姉で、ただ一人残った親戚ですが、それが何だっておっしゃるの?」ドゥーカはノヴァルカ夫人の時代がかった応接間で、硬い肘掛け椅子に礼儀正しく座り、話を聞いていた。一方、未亡人の方は、ミラノ風の優しいイントネーションでよどみなく話した。いや、イントネーションというより、ミラノ方言とイタリア語が混ざっている。言葉の組み立て方もそうだ。「あたくしは、あの気の毒な女の姉です。ですが、なぜか知りませんが、あたくしたちは、亀とキリンよりも違うのです。なのに、あのソーシャルワーカーの女性たちがしつこく言い張るから。『引き取ってやってくださいな、かわいそうな子なのよ。あなたは未亡人で、お一人でしよ、いい話し相手になるわよ。あなたが教育して、悪い道から出してやってくださいな』って。それで、あたくしもいい年で少し惚けていたのでしょう、心を動かされてしまって、あの子の保護を引き受けてしまいましたの。まったくもう！　それ以来、警察は家族同然で、ここに入り浸るか、めんどうを起こしたからと、エットーレをベッカリーアへ連れて行くか、鑑別所でのヴァカンスが終わったと連れてもどるか。でなければ、エットーレはどこへ行ったか、訊きに来るのですわ。耳を引っぱってやると言われても、あたくしには、あの子がどこにいるかわかりません。二、三日、家を空けることもあるのですから、いつもついて行くわけにはいかないでしょう。それで、巡査部長さん、あなたは何をお知りになりたいの？　遠慮なく、おっしゃってください。警察とはパンとバターのような関係ですから。冗談ですがね。ですが冗談でも、もうこりごりなのです。あの子とあの子の母親のおかげで、あたくしがどれだけ苦汁を飲まされてきたか。あのろくでもない子がなんとか矯正できるよう、できる限りのことはしました。ですが、まるで油を酢に変えようとするようなもので、うまくいった例《ためし》はありません」

　ドゥーカは、未亡人が自ら思いの丈を脈絡なくぶちまけるのを、じっと聞いていた。だが、疲れたのか、ぶちまけ終えたのか、皺だらけだが若々しい顔に笑顔を浮かべ、口をつぐんだとき、聞く前に比べて、わかったことはあまりなかった。

「法的には、少年はあなたといっしょにここへ住んでいたのですね？」事情聴取を始めた。

「ええ、その通りです。法的には、ここに住んでいなければなりませんでした」ただ小柄というだけでなく、痩せてしぼんだ女は言った。「午後九時以降は外出できません。日中は、この下の広場にある、ミラノでも指折りの食料品店で、使い走りの仕事をすることになっていました。夜は夜間校へ行かなければなりません。ですが、法律などお笑い種にすぎませんよ」

　公共機関の役人であるドゥーカは、公にこの意見に同意はできないが、非公式には賛同していた。法律は遵守すべきものだが、そうでないとすれば、目の前のご婦人、ノヴァルカ氏の未亡人、ファルッジ女史が言うように、ただのお笑い種だ。

「甥は、ときどきは、いい子でしたよ」未亡人は静かに、苦々しく話しはじめた。「昼間は食料品店の用事をこなし、家ではあたくしの手伝いも少ししてくれました。夜は夜間校へ行きましたし……ですからあたくし、あの子は改心していると思いこみ、いい子にしていたら、きっとうまくいくと言って聞かせました。でも、無駄でした」

「なぜですか?」

「なぜって、すぐ振出しにもどるのですから。夜も昼も、家にはいなくなり、夜間校にも行かなくなって、あたくしは警察へ通報しました。それが義務ですから。エットーレはあたくしの保護の下にいるのでね。すると、警官は電話口でこう応えました。『わかりました、奥さん。気を付けておきます』それで電話は切れました。それはそうでしょう、あらゆる犯罪者に対処しているのに、伯母に預けられた未成年者にかまう時間があるものですか。それでも、折にふれ、警官が来ていました。『まだ姿を現しませんか、甥御さんは?』と言って。でなければ、ソーシャルワーカーが来て……」

「アルベルタ・ロマーニさんですか?」ドゥーカが訊いた。

「もちろん、アルベルタ・ロマーニですよ、この地区の担当ですからね」小柄な女は言った。「で、『お子さんは』、というのは甥のことですが、『帰ってきましたか』と訊くから、いいえ、と応えました。すると、こう言うのです。『警察には言わないようにね、でないと、鑑別所に入れられてしまうから』ですって。それはいい人ですよ、あの人は。でもね、悪党に善意など無駄なのです。一度、夜間校の先生まで来ましたけれどね」

「クレシェンツァーギ先生ですか?」ドゥーカが訊く。

「そうです、マティルデさん」

「あの、学校の教室で殺されていた先生ですね?」執拗に訊いた。

まだ髪の黒い老女の目が苛立った。「あのチンピラ集団に惨殺された先生ですよ、ええ」はっきり言った。

まったく同感ではあったが、ドゥーカはそこまであからさまな言い方はしたくなかった。「で、マティルデ・クレシェンツァーギ先生は、あなたに何をおっしゃったのですか?」

「何を言ったかですって? 甥がもう二週間、夜間校に来ていないから、病気ではないかと様子を見にきたそうよ。それはまじめで、良心的で、天使のような先生ですから、生徒全員のことが気になったのでしょう、で、最後にはあんなことになって、かわいそうに」

どうやら、真実の夜明けが近そうだ。ドゥーカは、過激で外向的な未亡人が、何か事件の本質に迫ることを漏らしてくれそうな気がした。

「それで、クレシェンツァーギ先生には、何とお答えになったのですか?」

「本当のことです」小柄な女は即答した。「あたくしも、甥を二週間前から見ていないと。すると、先生は、どこに行ったか心当たりはありませんかと訊きました。ですから、あたくしは、あの子が行くところはいつも同じ、実の母親と、その母親と結婚した継父のところですと、答えました」

ドゥーカは確認した。「では、甥御さんは、母親のマリア・ドメニチ、あなたの妹さんのところへ、行っていたのですね？」

「ええ、妹と妹の夫のところへ」

「何をしに行っていたのでしょう？」

「あんな母親と、それより酷い義理の父親といっしょに、何をしに行ったかですって？　清く正しくないことに、決まっていますよ」

確かに、売春婦の母親とヒモで麻薬密売業者の父親といっしょなら、エットーレ・ドメニチが向学のため動物園を散策するとか、博物館や美術館を訪れるとは、考えにくい。「甥御さんがスイスに行ったことがあるかどうか、ご存じですか？」

「そんなこと、どうしておわかりになるの？」小柄な女は言った。

「わからないから、お訊きしているのです」

「一度、タバコを何箱か持って帰ったことがあって、スイスで買ってきたと言っていました」

「ですが、甥御さんはパスポートを所持していないばかりか、保護観察中の身であったことは、ご存じですよね。スイスへ行ったとすれば、単に不法に国境を越えただけのことでしょうか？」ドゥーカはこの怒りっぽく直情的な婦人を、ますます驚嘆の目で見つめた。

「もちろん、知っていましたとも。ですが、あの母親と父親ですから、不法なことでも何でも、わけなくできたでしょうよ」

「例えば、麻薬の取引とか？」ドゥーカが訊く。

「何でもと申し上げたでしょう。もちろん、甥は、あたくしには何も話しませんでしたがね」

「いずれにせよ、あなたはご存じで、何かあると感づいていらした。なぜ、警察に知らせなかったのです？　甥であるあの少年を保護しているのに、その子がいかがわしいことをしにスイスへ行ったと知っても、黙っていらしたのですね？」

このときも、女はしばらく黙っていた。それから、怒りを抑えつつ、低い声で言った。「あの先生も、同じ質問をしました」

「マティルデ・クレシェンツァーギ先生ですか？」

「ええ、あの先生です。『そういったことは届け出るべきですわ』、と言われたので、こう答えました。あたくしの知ったことではございません」はっきりと口にした。「甥は悪党です、きっとずっと変わらないでしょう、裁判所があの子をあたくしに預けたからといって、あたくしは何も知りたくありません、とね」

「それで、クレシェンツァーギ先生は何と？」

女は笑った。「かわいそうに！　酷くがっかりして、こんなふうに言っていました。罪深い少年などいないのだから、躾け方を心得るべきで、躾けるには、しかるべきときに罰を与える必要がある。母親と母親の夫の元からもどらないなら、警察に届けるべきだとね。『あなたが、届け出なければ』、と、かわいそうに力説していました。その二日前に、ソーシャルワーカーから『届け出てはいけません。鑑別所に入ると、ますます悪くなりますよ』と言われたばかりなのに……。もう、笑ってしまいそうで、涙まで出てきました。あの人たちは、何を望んでいるか自分でもわかっていないのよ。あの日、エットーレを告発すべきだと言い張る先生に、当たり散らしてしまって、かわいそうなことをしたわね。あとでずいぶん後悔しました。頭に来たから、そんなことに興味はない、エットーレのために時間を費やしても無駄だから、告発したいなら、どうぞしてください、でも、あたくしには、甥にかまっている時間も、あなたにかまっている時間もありませんから、と言ってしまった。かわいそうに、まだあのときの顔が目に浮かぶわ。あたくしが怒鳴ったから、ちょっと脅えていたけれど、それでもやはり敢然と、警察へ告発に行くと言っていた。そして、本当に告発したのよ」

ドゥーカ・ランベルティは硬い椅子の上で体を硬くし、微動だにしなくなっていた。真実の川に近づいたとき、人は不動の姿勢を取り、動けなくなるものだ。この女は、そうとは知らず、真実を語ってくれる。そう感じていた。

「それで、どうなりました？」小柄な女に訊く。

「警察の方なら、どうなるか、あたくしよりよくご存じでしょう。あの先生は警察で、甥がもう半月も前から夜間校に来ていないから、母親とその夫のところにいて、彼らといかがわしいことをしているのではないかと言ったのです。通常通りの告発で、あの先生はよかれと思ってしたことです。甥が母親やその相棒に感化されないよう、守りたかったのでしょうが、守るべきものなどもうないのだということは、信じなかった。四日後、甥も妹も、妹の夫も、みんな牢屋に入りました。告発しなかったことで、もう少しで、あたくしまで牢屋に入れられるところでした。警察とはパンとバターのような関係、と申しましたでしょう。そして、一連のスイスからの麻薬密輸のからくりが、明らかになりました。あまりに長い話で、もうよく憶えていませんけれどね。妹の夫は、甥と甥の夜間校の友達一人を連れて、スイス国境付近まで行きました。少年二人なら目に付きにくいからと、二人に国境を越えさせ、二人はホテルのバーに行って、そこにいたウエイトレス二人から麻薬を受けとり、また国境を越えて、妹の夫が待つイタリアへと持ち帰ったのです。妹たちときたら、もう子供らに麻薬の味を教えていたのよ。ときどき、エットーレがぼうっとしていることはありましたけれど、まさか麻薬を飲んでいたとは、思ってもみませんでしたわ」彼らとはかけ離れた世界に住む女は、「麻薬を飲む」という無邪気な言い方をした。

　未亡人の言葉からすでに真実をつかんでいたが、ドゥーカ・ランベルティは、彼女の言葉が続くかぎり耳を傾けた。そして、小柄な女が口をつぐむと、礼を言って暇《いとま》を告げた。十分後には、警察署のカルアのオフィスで、リヴィアとともにカルアと対峙していた。

3

夕方の六時だったが、まだ暗くはなく、寒さと霧にもかかわらず、子供が持つ破裂寸前の色風船のように、春が冬を急き立てていた。

「やっと、女教師マティルデ・クレシェンツァーギが殺された理由がわかりました」カルアに対し、ドゥーカはできるだけ声を低めて話した。「もう、おわかりでしょう。あれは復讐だったのです。夜間定時制アンドレア&マリア・フスターニ校のA教室で教えていた教師、マティルデ・クレシェンツァーギは、どの生徒の場合もそうでしょうが、十七歳のエットーレ・ドメニチが数日間、姿を現さないことを心配していた。学校に来ない理由を知ろうとします。そして、保護観察中の甥を預かっていたその子の伯母を訪ねたところ、伯母はあることを明かし、そのために、若い教師は告発を余儀なくされた。その告発により、件の少年、エットーレ・ドメニチは鑑別所に送りかえされ、母親とその夫、オレステ・ドメニチは、麻薬の密輸および密売容疑で逮捕、未成年者への犯罪教唆により加重求刑。母親の方は数カ月後に釈放されたが、夫のオレステ・ドメニチ、通称フフンコーネは、本年一月に獄死したのです」

オフィスの中はとても暑かった。カルアはタバコの箱を差し出したが、リヴィアは頭《かぶり》を振った。ドゥーカも断る。すると、カルアは自分のタバコに火を点けた。「おまえさんによると、マリゼッラ・

ドメニチは、自分と夫を告発した女教師に復讐しようとしたんだな……。どうやって復讐したんだ？」辛辣だが慈愛に満ちた表情で見ている。円滑に楽々と進むはずのところに、問題や仕事を増やす人間が嫌いだった。ドゥーカはそういう人間の一人である。

「あの少年らをそそのかして、女教師を殺させたのです」カルアの皮肉に気づいたが、無視して言った。

「で、その女が十一人の少年をそそのかしたと、どうやって証明するんだ？」憎しみと親しみを込めて言った。「十一人をそそのかすのは大仕事だぞ。一人をそそのかすのも大変なのに」いつものように嘲った。

ドゥーカは低くうなだれ、両手を膝の上で組んだまま、リヴィアの脚や脇腹を見て、美しいと思った。前からそう思っていたが、このときますます気に入った。だからといって、怒りが収まったわけではないが、相変わらず声を抑えて話した。「エットーレ・ドメニチの母親は、女教師が告発したせいで夫が逮捕され、獄死したため、希望を失ったのではないでしょうか。この男、フランコーネは、彼女と結婚し、別の男との間にできた息子に名前を与えてやり、彼女に売春させることで生活していたが、いずれにせよ家族であり続け、やがて、フランコーネが麻薬商売を始めてからは、稼ぎもずいぶんよくなっていた。フランコーネが獄死したことで、彼女は一人になり、庇護者を失ったが、その類の男を新たに見つけるには、少々歳をとりすぎている上、麻薬取引で得ていたかなりの額の収入も失った。孤独と差し迫った窮乏の中、マリゼッラ・ドメニチは、告発によってこのような破滅を引き起こした女教師への復讐を、何度も考えたことでしょう。売春婦というのは執念深いですからね」

カルアがからかうように呟いた。「どうしてわかる？」

ドゥーカはリヴィアの脚を見続け、自分を抑えた。「性病専門の救急病院に六カ月、いたことがあります。一日に、何十人もの売春婦を診察しました。淋病を移されたと言っては怒り狂い、感染させたあの野郎やこの野郎を見つけたら、八つ裂きにしてやると怒鳴るのです。大真面目で言っていました」

「わかった、わかった！」カルアは苛立ち、とうとう大声を上げた。「おまえさんはなんでも知っているんだろ、売春婦の復讐心についても、資料や統計付きでな。だが、この女を逮捕するとしたら、何の罪で訴える？　夜間校の非行少年十一人に、『あんたらの先生を殺して』と言ったと？　だとして、判事には、まちがいなく少年らをそそのかしたという、どんな証拠を提出する？　おまえさんの鋭い勘か？　そりゃわかったよ、おれだって、おまえさんの言うことは信じるさ。マリゼッラは女教師に復讐しようとして、少年らに彼女を殺させたんだろう。だがな、法廷では、おれが信じようが、おまえさんが信じようが、そんなことはどうでもいいんだ。法廷では証拠がいるんだよ。そして、この類の話には証拠は存在しないんだ。あるのは、嫌疑や推論、論考だけ、法廷では何の役にも立たぬものばかりだ」

そこでドゥーカは顔を上げ、極限まで我慢してカルアを見た。「仕事を始めたら、最後までやり通したいのです。お願いですから、最後までやらせてください」

一瞬置いて、黙ったまま、カルアは立ち上がった。オフィスの中を、斜めに行ったり来たりした。ドゥーカの「お願いですから」という言葉が、めったにしない懇願が、気になっていた。もう一度、歩いていき、もどってくると、リヴィアの背後で立ち止まった。「何をするつもりだ？」ドゥーカに優しく訊いた。

「ありがとうございます」その優しさに感謝した。「マリゼッラを逮捕して、しゃべらせます」

「だが、あの女は言わんぞ。売春婦が口を割ることはない。おれは、性病専門の救急病院にいたことはないが、あいつらが口を割らんことも、白状などせんことも、知っとるぞ」

我慢して言う。「からかわないでください。真面目に話しているのです。あの女を逮捕させてください。この仕事をやり抜きたいのです」

カルアは片手をリヴィアの肩に置いた。「あなたは、ドゥーカが正しいと思いますか？」

「わかりません」躊躇なく答えた。「ですが、わたしならやらせます」

カルアはリヴィアの肩を少しだけ力を入れて握った。「もちろん。やらせるさ」心配事でもあるように考えこんでいる。自分の肘掛け椅子に着くと、机の反対側にいる二人、ドゥーカとリヴィアを見た。「もちろん、いつもやらせているように、今回もやらせてやるさ」父親のような情を抑えながら、ドゥーカを見た。「だが、逮捕するのはあの女だけじゃないぞ、おまえさんが鑑別所から連れだして家に置き、真実を突きとめるための新たな警察手法とやらでもてなしていた、あの子を見つけることを忘れるな。今、あの子はどこにいる？　エレオノーラ・ドゥーゼ広場の、あの女の家か？　いいだろう。午後一時に女のところへ行ったんだろ、今、夕方の六時で、まだドゥーゼ広場のあの家から出てこないんだな。マスカランティがずっと見張っているが、まだ出てきていないそうだ。あの子を見つけてくれ。見失ったなんて言うなよ。いいか、おれのために見つけてくれ。これが一番大事なことだ。もし、見つからなければ、二度とおまえさんを許さんからな」

4

少年、つまりカロリーノは、エレオノーラ・ドゥーゼ広場に面した建物の屋階、マリゼッラ・ドメニチの屋根裏部屋《ペントハウス》にいるはずだった。「急いでくれ」ドゥーカは運転するリヴィアに言ったが、夕方七時の混雑は酷くなるばかりで、ファーテベーネフラテッリ通りからドゥーゼ広場までの短い移動ですら、五分で済むはずが、二十分もかかりそうだ。

広場では、マスカランティが同僚とずっと張り込んでいた。カロリーノは出てきていない。すでに辺りは暗く、街灯も灯って、上の方から光を浴びた霧が降ってくる。おしゃべりで外向的な門番は、グレーの服を着た背の高い鼻の大きな少年は出てこなかったが、ドメニチ夫人が出ていったと話した。

「そりゃあもう、あの赤い毛皮ですぐわかるんだから」門番女は言った。

鍛冶屋を呼び、屋根裏部屋の鍵を開けさせて突入するまで、ほぼ一時間かかった。ドゥーカ、マスカランティ、リヴィアの三人が、全員で部屋中を探しまわった。だが、小さいアパートに探すところはあまりなく、見つかったのは大量の吸い殻と、睡眠薬や鎮静剤および各種興奮剤がぎっしり詰まった引き出しだけ。薬はすべて法で認可されたものだ。むろん、違法な薬物はまったくなかった。

ドゥーカはテラスに面した窓を開けた。手すりのところまで行き、そばの屋根に付いたテラコッタの小煙突二本の間から、近くの屋根裏部屋を見た。確かなことは一つ。カロリーノはマリゼッラと話すため、このアパートに入ったのだ。この建物に他に知り合いらしき者はいない。入ったが、出てきていない。だが、今、アパートには誰もいない。ということは、カロリーノは別の出口から、このアパートを出たことになる。唯一、考えられる出方は、有刺鉄線で区切りはあるものの、連なったテラスや屋根裏部屋を伝っていくことだ。

八時頃、ドゥーカは、マリゼッラの部屋の近くの屋根裏部屋に五匹の猫と住む年輩の女性から、グレーの服の少年がテラスを通るのを見て、泥棒と叫んだが、逃げてしまったという話を聞く。この少年がカロリーノに違いなかった。テラスを全部伝っていくと、ドゥーカはボルゲット通りに出た。

これで状況ははっきりした。車に乗り込み、リヴィアの隣で考える。カロリーノはマリゼッラ・ドメニチを訪ねた。マリゼッラは、カロリーノには警察の尾行が付いているとわかり、テラス伝いにボルゲット通りへと逃がした。自分は落ち着いてドゥーゼ広場の門から出る。どうせ警察は、つまりマスカランティは、まだ自分がマリゼッラ・ドメニチだとも、容疑者だとも知らないのだから。それで？　カロリーノはどこへ行ったのか？　マリゼッラは？　二人はいっしょか、それとも、別々に逃げたのか？

わかりようがなかった。確かなことは一つ。カロリーノを見失ってしまったことだ。自分が責任を持って預かった少年で、そのために、カルアのような警察幹部やベッカリーアの所長、そして鑑別所から出す許可を下ろしてくれた判事の首まで危うくして、手元に置いた子なのに。その少年が姿をくらまし、どこへ行ったか、皆目見当が付かないのだ。

「ちょっと映画でも行ってみよう」ドゥーカが提案した。

中心街のアーケード、ガッレリーア・デル・コルソにある映画館の近くでパニーノを食べ、刑事物の映画を見に行った。二人の若者が、ある一家を皆殺しにしたものの、その家にはほとんど金がなく、手ぶらの二人は数日後、警察に捕まり、数年間服役した後、絞首刑にされた。

「駄目だ」映画館から出ながら、ドゥーカは言った。「きみと死刑について議論する気にはなれない」

リヴィアの方は、そんな映画を見たため、十分その気はあったのだが。

リヴィアは堂々とドゥーカに寄り添い、二人でアーケードを出て、ヴィットーリオ・エマヌエーレ二世通りから車を停めたサン・カルロ広場まで歩き、誇らし気に言った。「議論がしたいわけじゃないわ。ただ、合衆国のような文明的な国に、なぜ野蛮な死刑が存続しているのかわからない、と言っただけよ」

ドゥーカにとっては、合衆国も野蛮な刑も、どうでもよかった。駐車場の係に二百リラを払い、リヴィアの隣に乗りこんだ。「家には帰らなくていい」この家とは、レオナルド・ダ・ヴィンチ広場の自宅のことだ。リヴィアには言い方ですぐわかった。「一回りしよう、きみの好きなところへ行っていい。ただ、わたしを一人にしないでくれ」

深く息をついたのがわかった。「なぜ、帰って眠らないの?」

「わかるだろう。カロリーノだよ」

その、かわいらしすぎる名前を二人で笑った。酸っぱい笑いだ。

リヴィアはサン・ババビラを抜けてヴェネツィア通りに入った。「すぐ、見つかるわよ」

「もちろん」ドゥーカは苛立ちながら言った。「お決まりの台詞も言ってくれよ、『まだ、遠くには行っていないはずだから』ってね。そうすればもっと気が休まるさ」カーラジオをつけた。偶然、バッハのような主張はない、青臭いが心地よいインストゥルメンタルばかり流れていた。やがてラジオを消し、リヴィアに言った。「ここで止めてくれ」こぢんまりしたバールがあった。強い黒ビールを飲み、二人でカウンターにもたれて、鏡に映り込む来店客がみな、傷痕のあるリヴィアの顔を間の抜けた様子で下品に見つめるのを、憎々しげに見ていた。強烈な照明の下では、傷痕は生々しく見える。巧みに修復されていても、光の加減で、やはり目についてしまうのだ。なぜ、多くの人間がこれほどはしたなく、情け容赦なく、見ていくのか？　興味本位だけではなく、サディスティックな悦びを感じる者も確かにいる。まるで、自分は正常、普通だが、おまえはエラーだ、とでも言わんばかりに。

そして、リヴィアが、唇に冷ややかな笑みを浮かべ、瞳にも冷たい光を宿して、無礼な視線に耐えているのを見ると、その声が聞こえるようで胸が詰まった。さあ、どうぞ、見てちょうだい、本物の傷痕ですよ、おもしろいでしょう?

腕に触れ、やっと聞きとれるほどの小声で囁いた。「この近くにホテルがある」

「わたしも見たわ」リヴィアは普通に話す。「良さそうなところね。行きましょう」

まさに、リヴィア・ウッサロという名の実存なら、こう応えるだろうと思っていた返事だ——「良さそうなところね。行きましょう」。彼女とホテルに行くのは、これが初めてだった。

ホテルは快適で、もてなしも本当に良かった。ドゥーカが警察手帳を見せると、最上級の部屋を用意してくれ、ボーイがすぐに、ドゥーカには黒ビール、リヴィアにはジェラートを持ってきた。ドゥーカは隅の姿見の前の丸椅子に、リヴィアはソファに、それぞれ離れて座り、彼はすぐにビールを飲み、彼女はジェラートを食べはじめた。

窓は閉まっているのに、下のブエノス・アイレス通りから、車の音が途切れなく聞こえていた。それも徐々に少なくなっていく。

「わたしをここにつれてきたのは、今夜は眠れそうもないからでしょう?」突然、リヴィアはとても穏やかに切りだした。

「ああ」ドゥーカの方は穏やかとはいえず、暗かった。「きみとの初めての一夜は、もっと違うことを考えていたんだが」

「違うって、どんなふうに?」

「ミラノのブエノス・アイレス通りのホテルではなくて」

「ミラノのブエノス・アイレス通りのホテルでも、ちっともおかしくないわ」

チェスの選手と議論してもしかたがない。「たぶん、そうだろう。ここも居心地はいい」

リヴィアはそれ以上何も言わず、ジェラートを食べ終えた。ドゥーカはビールのグラスを手にしたまま、飲まずにいる。やっと口を開いた。「あの子を見失っただけでなく、見つけようにも、捜そうにも、何もできない」頭の中にあるのは、あの少年のことだけだ。

「何もできない状況なんて、ありえないわ」チェスの選手は言った。

ああ、そうだった、人類とではなく、倫理や弁証法の学術書と話していたのだ。「どこへ捜しに行けばいいかな?」それでも、優しく訊いた。カロリーノ、どこにいるんだ? と、叫びながら、ミラノ中を回るか。カルアのところへ行き、少年を見失ったと言って、全所轄に非常召集をかけ、捜してもらうのか? そうすれば、何もかも新聞に載り、自分だけでなく、カルアまで職を失うことになる。

「どこを捜せばいいかは、わからない」リヴィアが言う。「わかっているのは、捜さなければならないってこと。とにかく、あなたのすべきことは、捜すこと」

冷酷だが、正しかった。立ち上がり、リヴィアの前にあるテーブルに、グラスを置きに行った。そして、ソファにいるリヴィアの隣に座る。カロリーノがまだミラノ市内にいるとしても、人口二百万の都市で少年一人を捜すのだ。取っかかりも何もなしに。

「きみの言うとおりだ」ドゥーカは言った。「まず、カロリーノが家に来たとき、そして、彼が警察に尾行されていると気づいたとき、あの女、マリゼッラは何を考えたか、想像してみよう」

喜んで迎えたはずはない。危険と感じたに違いない。それは、カロリーノをテラス伝いに逃がした事実が証明している。では、二人は別々に逃げたのか、合流していっしょに逃げたのか。いっしょに逃走していると考えるのが妥当だろう。カロリーノは助けを求めてマリゼッラを訪ねたのだから。そして、彼を助ける方法はただ一つ、警察の手から逃がすことだ。

「ちょっと、聞いてくれるか」リヴィアの隣で硬くなりながら、やはり硬くなっているリヴィアに言った。「未成年の少年をかくまうのは、簡単じゃない。誰も、責任など負いたくないし、苛々させられることも多いからね。マリゼッラには友達は多いはずだが、ともかく仮説を立てよう。未成年の子を受け入れてくれるほど親しい友はなく、カロリーノのような、何をしでかすかわからない未成年者を預けてしまえるほど、友達を信用していなかったのではないか」

「その推論は正しいと思うわ」硬くなったリヴィアが言う。

「正しいとすれば」ドゥーカも硬かったが、緊張しているだけで、気持ちは昂ぶっていた。「それなら、この女は、少年をどこか人目に付かない隠れ家に連れて行ったはずだ。友達も誰もいない、見つかることも、詮索されることも、通報されることもない避難場所、すなわち、門番も、隣人も、店屋も、ガソリンスタンドも、お向かいさんもいないような……。そんな隠れ家は、街なかには存在しない。あるとしたら、極端な街外れか、田舎の方だろう。街から近くてもいいが、村落は駄目だ。小さな村というのは、隠れるには最も危険な場所だからね。小さな村に村人でない者がいれば、ドゥオーモ広場を巨大なタコが散歩しているようなもので、全住民に、すぐさま存在が知られてしまう。ということは、この女とカロリーノは、ミラノ市内にはいないが、近隣の町や村にもいない、だが、ミラノからさほど遠くへは行っていない」

「なぜ、ミラノから遠くへは行っていないの?」リヴィアが訊いた。ドゥーカの腕に片手を置くと、しだいに硬さがとれてきた。やがてその胸に滑りこむと、頭を膝にのせ、脚をくの字に曲げてソファに横になった。

「なぜなら」そう言って、片手をリヴィアの顔にのせる。大きい手がほぼ顔を覆うと、温もりが感じられ、不規則な吐息で掌はすぐに熱くなった。「賢い女なら、あの女はそうだろうし、警察を知っているなら、これも知っているだろうから、検問を怖れるはずだ。わたしからカルア警視に検問は頼んでいないが、そんなことは女にはわからないから、道路は厳戒態勢が敷かれていると考えて、ミラノからあまり遠くへは行かないはずだ。大きな交差点からは離れ、脇道や田舎道を選んで走り」ドゥーカはリヴィアの髪を撫ではじめた。赤ん坊をかわいがるようなしぐさ、そして、そんな気持ちだった。「まっすぐ女が知っている場所へ、かなりの日数、カロリーノを隠しておけるところへ、向かったはずだ」

「じゃあ」リヴィアが言った。「ミラノ近郊の田舎で、小さな村落からは離れていて、しばらくの間、人が隠れていられる場所を探さなきゃ」

単純だな、と思った。気づかないうちに、彼女の髪を軽く握っていた。「こんな推論では、何一つ、誰一人、見つかった試しはないんだよ。きみを喜ばせようとやってみたが、何の役にも立たない。捜査を始めようにも、何の取っかかりもないんだ、わかるだろう。何もできないんだよ。わたしは少年を見失った、失ってしまったんだ。幻想など抱いても無駄だ。何一つ、どんな種類の手がかりも、何もないんだから」

「髪を引っぱらないで」リヴィアが言った。

「すまない」ドゥーカが言う。手をそっと顔の上にもどし、やわらかく不規則な吐息を感じた。不規則なのは、つまるところ、男の膝の上に横になるのに慣れていないからだ。「何もかも、失ってしまったよ。明日の朝、カルア警視のところへ行って、カロリーノを見失ったと言ってこないと、それに、警察手帳も返さなければならない。これで、元医者というだけでなく、元警官だな。明朝、警視のところへ、できるだけ早い時間に行かないと。早ければ、早いほどいい」

「どうして?」

ドゥーカはすぐには言わなかった。説明するには悲しすぎ、しばし心の整理が必要だった。「あの女が、カロリーノを助けようと思うだろうか、かくまおうと思うだろうか、どう考えても、わたしには確信がもてないんだよ。永遠に隠してしまおうとするかもしれない」

リヴィア・ウッサロ、推理好きのチェス選手は、顔にのせられていた優しい手をはがした。ドゥーカの隣に座り直す。リヴィアにはちゃんとわかっていたが、彼女が髪を整えている間に、ドゥーカはもっとはっきり説明した。

「今のところ、まだ少年らは誰もしゃべってはいないが、あの女はおそらく、可能なら、自分に関する真実を知る十一人を全員、殺しかねない。そうしないのは、ただ、そうできないからだ。だが、カロリーノは自分の手中にあり、あの子なら他の誰よりも先にしゃべりそうだと危ぶむかもしれない。

殺してしまえば、もうしゃべれないばかりか、まもなくカロリーノの死を知ることになる他の子の口をも、いっそう固くすることができる」首を振った。失ったのだ。そう感じていた。失ったときは、諦めるしかない。寒い、部屋には暖房が入っているのに、とても寒い。不安とともに募る寒気《さむけ》に震えながら、カロリーノの痩せた顔を見ていた――長い鼻、バセドー病の飛びだした目、微かな結核の兆候……。あの子を逃がしてしまったということは、敗北へと向かっているのだ。時計を見た。もうすぐ二時だ。カロリーノは、まだ生きているだろうか？

「睡眠薬を飲んだら」リヴィアが言った。「バッグの中に持っているから。わたしも、眠れないことがあるの」

ドゥーカは断った。彼にも、推理好きのチェス選手の一面があるのだろう、人工的、化学的な睡眠は好まなかった。

「目を開けて考えていても、何もならないわ」リヴィアは言ったが、無駄だった。ドゥーカは睡眠薬を飲まなかった。四時、二人は抱き合ってベッドの上にいたが、服は着たままで、毛布の上にいる。ドゥーカは靴も履いたままだ。

「何時？」ドゥーカが訊いた。リヴィアの顔はドゥーカの首に埋もれて見えない。ネクタイがきつく、脇腹のリボルバーが重かった。

「四時よ」リヴィアが答えた。

四時。今ごろ、カロリーノはどこにいるのだろう？　まだ、生きているだろうか？

リヴィアは体を離し、ベッドから降りた。「毛布の上じゃ、寒いわ」セーターとスカートを脱ぐ。スカートを抜くとき、何かが床に落ち、ドゥーカはびくっとした。「何？」

「リボルバーよ」リヴィアが言った。「あなたがガーターベルトに入れるよう言ったでしょ、入れていたのよ」

ドゥーカは笑いながら、大きく息をつく。精一杯の苦い笑いだった。自分も服を脱ぎはじめながら、以前、銃をガーターベルトに挟むよう言ったことを思い出した。それを、ずっと忠実に実行していたのか。ほっとして靴を脱ぎ、ネクタイの結び目を緩めて、ワイシャツとアンダーシャツも脱いだ。苦笑いは止まらず、しまいには肩まで震わせていた。

「もう、笑わないで、やめて」リヴィア・ウッサロは冷たいシーツの中で震えていた。「そんな風に笑わないで」

「好きに笑うさ」

「やめて。でないと、起きて、帰るから」

その声は鋭く、切実だった。ドゥーカは笑うのをやめ、反対側にもぐりこんだ。「すまない」

「眠って」リヴィアが言った。「そして、わたしを温めて」愛し合うのは、いつかまた別のときだと、わかっていた。ドゥーカは彼女を温めたが、眠らなかった。彼女の首を、髭を剃っていないザラザラの頬でくすぐり、熱い吐息を胸に吹きかけ、眠りを妨げた。ときどき、ほんの数ミリだけ、身じろぎするのも、彼女にはわかっていた。

「五時十五分よ」リヴィアが答える。ドゥーカは時間を知りたがった。カロリーノはどこにいるのか、考え続けていたかった。

5

小さな村落に身を隠すのは危険なため、近郊の村ではないが、ミラノからそう遠くない場所に、車を止めた。口紅では老いは隠せず、よけいに皺の目立った薄い唇に不機嫌な笑みを浮かべ、女はカロリーノに言った。「ここなら心配ないよ」

カロリーノは女といっしょに車を降りた。三時を過ぎたばかりで、霧深い平原には陽が射していた。樹木はなく、草もない、耕作地でもない土地には、高圧線を支える巨大な鉄塔が高く聳え、そのとてつもなく長い脚が、地平線のあちらからこちらへと伸びていた。近くに村落はなく、平原の向こうの方は、一段と濃い霧に覆われているため、そこから先は水田だとわかる。カロリーノには、あの遠くで揺れ動く雲のような霧の下に、田んぼが隠れていることなど思いもよらなかったが、わかっていても、気にもとめなかっただろう。それより、窓も入り口もすべて封鎖された木造のバラック長屋に気を取られ、すっかり色褪せた看板に目を走らせた。何とか読める――ENEL（イタリア電力公社）、マジェンタ地方送配電線路、第四十四区、作業従事者以外の立ち入り禁止、鉄塔に注意、死に至る危険あり。

カロリーノは、近くの鉄塔を覆った霧をちょっと見上げ、遥か昔、作業員が使ったバラック長屋のトタンの煙突にも目をやってから、最後に女を、マリゼッラ・ドメニチを見た。

「来な」女が言った。「ここには、誰もいやしないから」

確かに、ミラノから数キロしか離れておらず、町や村や集落が点在する地域にあるのに、そこには家も道路もなく、辿ってきた道も、鉄塔の建設資材を運んだトラクターの轍が残る小道だった。女は閂《かんぬき》がかかった長屋の扉の前に立ち、微笑んだ。長い間、締め切ったままだったのだろう、扉の枠にはクモの巣が厚く張っている。女が一蹴りすると、クモの巣をひっかけたまま、扉はひとりでに開いた。「入りな」後ろに向かって母親のように声をかけ、同時にバッグを開けると、ナイフの冷たい感触だけ確かめて満足し、タバコの箱を取りだした。「ここを見つけといてくれたのはフランコーネさ、去年のうちにね」女は少年の後について入り、バラックの中に明かりが入るよう、扉を開け放しておいた。「みんな、忘れちまったのさ。たぶん、こんなものがあることすら、もう誰も知らないよ。ここはね、あの高圧線の工事をした作業員のためのバラックで、作業が終わった後は全部、放ったらかしてあるんだ。ストーブだって、石油ランプだって、石油だってある。あのテーブルの上を見てごらん、ランプじゃないか」タバコに火を点けた。埃っぽいバラックの暗闇の中、ライターの火がほんの一瞬、二台の長テーブルと床にひっくり返った椅子を、照らしだした。ライターをバッグにもどしながら、死んでしまったフランコーネのことを考えた。その死で、何もかもだいなしになった。マリゼッラ自身もそうだ。だが、自分まで汚い牢獄で死ぬわけにはいかない、捕まってなるものか。ライターをしまった手で、ナイフを握った。復讐の証人を一人、始末しなければならなかった。ここまで運転する途中でもう一錠、飲んだ強壮剤もちょうど効いてきて、若き証人の背後を襲う力が湧いてきた。年をとり、落ちぶれた自分を思うと、何よりもその若さが、健全さが、憎かった。そして、力を振りしぼり、確かにその体に振り降ろした。カロリーノは、ランプが載っていると聞いた埃だらけのテーブルを見ていたが、叫び声も上げず、痛みを感じることもなく、何が起こったかもわからないまま、さっと振り向いた。ただ、振り向きざま本能的に、女の一撃がジャケット、セーター、シャツ、アンダーシャツと貫通したところに手をやり、ナイフに触れると、やはり本能的にそれをつかみ、体から引き抜いた。

血の滴るナイフを手に、叫びながら女を見ると、突然、痛みだけでなく、腎臓から流れだす血の温もりを感じた。

「……でも、ぼく……」血だらけのナイフを持ったまま喘ぎ、呆然と女を見つめる。「……ぼく、何が？」

跳びかかってきた女がナイフを取り上げ、また刺そうとするのを見て、ようやくわかった。この女は自分を殺そうとしている。何も思わず、何も考えず、何も見ず、見ようにも見えない埃っぽいバラックの暗がりで、恐怖と衰弱と痛みで我を忘れ、女に膝蹴りを入れた。まったくの偶然だが、強烈な膝蹴りは、女が舌を出して叫んでいる瞬間、ちょうど顎の下に入った。「汚らしい虫螻《けら》が、虫螻のくせに！」と、突然、顎が閉まって、歯の間に挟まった舌は傷つき、女は目を回して床に崩れ落ちると、一瞬、もごもご言ったものの、すぐに気を失って静かになり、口からは派手に血が流れた。

静寂の中で、カロリーノは突っ立ったまま、刺された腎臓に本能的に手を当て、ちょっとの間、女を見下ろしていた。出血は治まりかけていたが、手には血がべっとりと付いた。それから、足を引き摺り、喘ぎながら、バラックから出た。助けて、助けて、と叫びたかったが、ふと心の奥の方から、叫ぶな、助かることだけ考えろ、という声が聞こえてきた。

バラックの近くには、車が停めてある。遥か遠くの方から、霧を抜けて陽の光が射しこみ、車は照明の当たった舞台装置のように輝いて見えた。陽射しに目を瞬かせ、どうすれば助かるか考えた。まだ、マリゼッラがなぜ自分を殺そうとしたかは考えず、ただ、彼女から離れて、助けてくれる人のところに行かなければならないと思った。怪我をしているし、腎臓の燃えるような痛みは激しくなるばかりだ。

車に乗りこんだ。周囲には何もない。あるのは高い鉄塔と、遠くの水田にかかった霧の浮き雲、そして、厚い霧の向こうにある真っ青な空だけ。エンジンをかけた。免許もなく、必要な年齢にも達していないが、運転はちゃんとできる。ただ、どこへ行けばよいやらわからず、運転しながら考えていた。ときどき、酷い目眩がして、視界が暗くなる。最初の村？ もちろん。で、それから？ 医者のところ？ 病院？ すぐに捕まって、ベッカリーアの医務室に連れて行かれるだろう。

小石だらけの小道を抜けると、まっすぐミラノへと続く県道、マジェンターミラノ線へ入った。時速二十キロ、片手だけで運転している。もう片方の手は、腎臓を押さえているためだが、痛いだけでなく、意識や命までも失いそうな気がしていた。

他の多くの車が、のろのろ進む車にクラクションを鳴らし、追い抜いていく。追い抜きざま、ドライバーが運転席をのぞきこみ、一瞬だが、ハンドルを握っているのは少年だと気づく。大人のようには見えるが、そのうち誰かが、あれは本当に少年で、免許取得年齢には達していないと気づき、止められてしまうかもしれない。止められてしまったら、怪我までしていて、具合も悪いとわかり、病院に連れて行かれて、そこで警察に捕まってしまうかもしれない。

助かるために何かしようと考えると、すべて同じところに行きついてしまう。警察だ。そして、警察とは、すなわちベッカリーアのことで、ベッカリーアには死んでも行きたくない。あんなところへもどるくらいなら、こうやって路上で血を流して死んだ方がましだ。

のろのろ運転しながら、助かる方法を考えていると、先の方にパーキングエリアの表示が見えてきた。慎重に県道から外れ、パーキングエリアと名の付いた石ころだらけの空き地に入った。他に車が一台もいないことがうれしく、霧が深いこともうれしかった。陽の光もここには射してこないため、霧に隠され守られている気がした。

傷ついた腎臓に手を当てたまま、シートの上で尻を引きずり、運転席から離れた。未成年がハンドルの前に座っているのは危ない。助手席なら、パパを待っていたと言えばいい。そんなことを考えながら、この見放されたようなパーキングエリアを見つけ、隠れ場所ができたことに満足していた。きっと、ここには誰も駐車したことがないのだろう。霧の中で、不意に眠気が襲ってきた。気を失ったようにみえるが、出血と絶え間ない痛みが引き起こした睡魔だった。

それでも、県道を、派手にクラクションを鳴らしながらバスが通ったり、右側にあるぬかるんだ臭い運河の向こうを列車が通って、その激しい轟音で乗っている小型車が振動したりすると、ときどき目を覚ました。目が覚めると、腎臓が痛み、思わず呻き声を上げるが、目を開けると、自分がどの世に生きているのか確認しようとし、たぶん、今はこの世にいて、ミラノへ向かう道の途中にいること、ナイフで刺されて怪我をしたこと、そして、もう希望がないことを思い出した。死ぬのは怖くなかった。十四歳にとっては、死はまだ意味のない概念で、自分とは関係のない、他人事だった。ただ、ベッカリーアにもどることだけが怖かった。結局のところ、居心地の悪さが問題ではなく、信念のようなものであり、言い換えれば、理由などない盲目的な恐怖にすぎなかった。

やがて、ますます目が覚めてくると、くりかえし病的な麻痺に襲われ、新たな痛みに苦しめられた。

長時間、何も飲んでいない上に、出血も重なって、脱水症状を起こしていた。唇も舌も乾き、どこかで水を飲まなければ、胃までひりついてくる。だが、バールにも飲食店にも、どこにも入れないことに気づく。そんなことをすれば、傷を負っていることがばれて、一巻の終わりだ。

なんとか喉の渇きに耐えていたが、外はすっかり暗い。いったい、夜はどれだけ続くのだろう。やがて、こらえきれなくなった渇きが、耐えがたい痙攣を起こし、舌が腫れて呼吸もまともにできなくなる。ぜいぜいと喘ぐが、誰も気づいてはくれず、ただ一人、ここマジェンタ地方、低地で湿気の多いミラノ平原の、侘びしい駐車場で喘いでいる。喘ぎながら、水道や滝や噴水など、あらゆる場所を流れる水が目に浮かび、そのあいまに、あのポリ公の姿が甦った。

ポリ公など好きではなかったが、あの人には、まちがいなくポリ公だというのに、他のポリ公には抱いたこともない親しみや話しやすさが感じられた。それに、あのポリ公の家で何日も暮らしたし、ポリ公には妹がいて、彼女もいて、自分に靴下もネクタイも、シャツから靴まで全部、新品を買ってくれた。ポリ公は普通、そんなことはしてくれない。

もし、飲み物をくれる人がいるなら、あのポリ公だと思った。こんな怪我では、どこへも行けないし、水路とか泉とかを探して、野原をうろつく力もない。あのポリ公だけが飲み物をくれる。喘いでいると、悪寒がしてきて、熱まで出てきた。喘ぎながら、悪寒におののきながら、また尻を引きずり、運転席にもどった。エンジンを吹かし、クラッチをゆっくりと離して、駐車場を出ると、時速十キロで走った。夜も更けていたため、ヘッドライトをロービームにして、レオナルド・ダ・ヴィンチ広場を目指した。あのポリ公のところへ行かなければ。そうすれば何か飲めるし、それに、行くのが怖くないのは、あのポリ公のところだけだから。運転しながら、レオナルド・ダ・ヴィンチ広場、と唱え続けていた。ミラノのレオナルド・ダ・ヴィンチ広場。あそこへ、事故を起こさずたどりつく。前の日に逃げてきたばかりだけれど、この世でただ一人、話ができそうな、怖がらずに、疑わずに、助けて欲しいと言えそうな、あのポリ公の元へ。

6

レオナルド・ダ・ヴィンチ広場に、あの家の門の前に、たどりつけた。まもなく夜が明ける。だが、夜が明けるころには門番は眠っていて、門は閉まっていることを忘れていた。

ポリ公の名がドゥーカ・ランベルティだというのは知っていたから、電話をしに行くこともできた。この時間でも開いている店に行けば――。だが、夜明け前だからまだ、ほとんどの店が閉まっているし、まずジェットーネ（公衆電話専用のコイン）を買ってからでなければ、電話はできない。そんな力はもうなく、現に気を失い、少しずつシートからずり落ちていく。気絶しているにもかかわらず、体が動くと背中の刺し傷も動くため、呻き声を上げた。閉じていた傷口が開き、止まっていた血が、またどくどくと流れ出したが、本人は気づいていない。

あの声が聞こえると、ようやく身を動かした。あのポリ公の声だ。少年をベッカリーアから出して、外を歩かせてくれ、体を洗って新品の服を着せてくれたポリ公だ。「カロリーノ、カロリーノ」「喉が渇いた。すごく渇いた」これしか言えない。怪我をしたことも告げなかった。それすら覚えておらず、渇きだけを感じていた。

ドゥーカは自宅の門の前まで来て、停まった車を見つけ、中をのぞいた。前の座席に倒れこんだカロリーノがいて、眠っているように見えたが、すぐに眠ってはいないと気づく。揺り起こしながら、ジャケットの背中の下に赤黒い染みが見えたとたん、血だと思った。カロリーノは「喉が渇いた。すごく渇いた」と言っている。染みを触ると、ぬるっとして、指に赤い跡が付いた。

「運転席に乗って、ファーテベーネフラテッリ病院へ行こう」リヴィアに言った。

カロリーノを一ミリも移動させることなく、リヴィアは小型車のハンドルを握った。ドゥーカは後部座席に乗りこみ、夜明けの光がミラノ中の屋根を赤く染めるころ、ファーテベーネフラテッリ病院に着いた。そして朝陽を浴びながら、カロリーノは手術室に運ばれた。立ち会うと言い張ったドゥーカが丸椅子に座って見守る中、夜勤の医師二人と看護婦二人が、服を脱がせ、体を洗浄し、麻酔をかけ、傷を縫合し、静脈に血漿を注入し、皮下注射で輸液を注入して水分を補給すると、脱水症状でスチールウールのようにざらついていた唇は、やわらかく湿り気を帯び、健康な血色と生気を取りもどしていった。

「もう一ミリでもナイフが深く入っていたら、腎臓が切断されていたでしょう」夜勤を志願した若く熱心な外科医の一人が言った。傷が縫合され、苦しい渇きも収まったカロリーノは、まだ意識はなく、危険な状態だが、生きている。ストレッチャーに載せられ、病院の廊下を通って、病室へと運ばれた。看護婦二人は、病人をベッドに移すと、朝の赤く冷たい光が無遠慮に入ってこないようブラインドを下げ、行ってしまった。

ブラインド越しに差し込む朝陽は帯状に刻まれ、ベッドのわきに腰かけたリヴィアとドゥーカを、縞々に照らした。薬の力で眠るカロリーノは、幸せなことに、生死の境をさまよったことも、他のことも何も知らず、水分が充たされた満足と、麻酔による感覚喪失に、安らかに身を委ねている。

「もう、危険はないの？」リヴィアが訊いた。赤い光で顔に縞模様ができている。

「わからない、たぶん、まだ」

「いつ、目が覚めるの？」

「二時間以内には」

「話せるようになるのは、いつ？」しつこく訊いた。ナイフで刺された少年には、言いたいことがたくさんあるに違いない。リヴィアにとって、それは意味のないことだが、ドゥーカが真実を暴く助けになるはずだ。ドゥーカの関心は真実だけにあるのだから。

「無理はさせない方がいい」と、ドゥーカ。「夕方まではやめておこう」

夜明けから夕方までは長い。何時間もの間、ドゥーカとリヴィアは少年のベッドに付きっきりで、離れるときも一人ずつ交替にした。ドゥーカが廊下にタバコを吸いに行くこともあれば、リヴィアが行くこともあった。九時には、知らせを受けたカルアが病室に来た。ベッドで眠るカロリーノを見てから、ドゥーカを凝視し、目だけで訊いた。何が起こったんだ？

「誰かにナイフで刺されたのです」ドゥーカが言った。「誰かはわかりません。まだ、話せていないのです」

二人とも相手の顔は見ず、カロリーノを見ながら、小声で話した。カルアが訊く。「危ないのか？」

「残念ながら、そのようです。いずれにせよ、二十四時間は様子を見なければ」

「もし、死んだら？」

ドゥーカは応えなかったが、二人は目を合わせた。どちらも疲れ果てていた。

「この子が死んだらどうするかと、訊いているんだ」

ドゥーカは応えない。誰かが死んだら、埋葬する以外、なすすべはない。

「未成年者を野放しにして、刃物沙汰に遭わせた責任は、われわれにあるんだぞ、わかっているのか？」珍しく、カルアは声を抑えて話していた。

もちろん、わかっている。ドゥーカは今度も応えなかった。

「死なないようにしろ」カルアの目がきらりと光った。でなければ、この手でおまえさんを絞め殺してやる、とでも言いたげだ。

ドゥーカはうなずいた。けっこうだ。死なないよう、努力しよう。

十時少し前、カロリーノは目を開けたが、まだ意識はないのがわかった。それから再び眠りに落ちるが、眠りは浅く、ときどき寝返りを打ったり、ため息をついたり、長い足で伸びをしたりする。十時半過ぎ、再び目を開け、視線の先に座っていたリヴィアを見ると、微笑んだ。

「気分はどう、カロリーノ？」リヴィアが顔を近づけ、聞きやすいよう耳元で囁いた。だが、それでも聞こえない。また目を閉じたのを見て、ドゥーカは眠ったのではないと気がついた。気絶したのだ。少年の手首に指を当ててみると、脈拍からもそれがわかった。

「パッレッリ先生を探してきてくれ」ドゥーカが言った。「虚脱状態なんだ」

カロリーノの脈は、ファーテベーネフラテッリ病院の若き権威、ジャン・ルーカ・パッレッリ教授が来るまでなんとかもった。「静脈注射をして、酸素テントに入れた方がいい。その方が安心です」若き権威は言った。

正午までに、カロリーノの呼吸はなんとかリズムを取りもどし、心臓は正常な力で鼓動を打ちはじめた。一時、カロリーノは目を開け、テントの向こうから微笑みかける優しい女性の顔を見た。リヴィアだとわかり、少年も微笑む。まだ長く暗い死の淵にいることなど知りもしない。

二日間、そのまま過ごした。二日の間、病人は知らなかったが、ドゥーカとリヴィアがそばに付き添い、誰が刺したのかと問い続け、カロリーノは死んではならないと思い続けた。二日目の午後、意識がもどると、リヴィアを見て、それからドゥーカを見た。

「ベッカリーアの医務室？」ドゥーカに訊いた。

ドゥーカは首を振った。「病院の病室に見えないか？」

「喉が渇いた」と、カロリーノ。

飲み物をやったが、体力が回復し、話せるようになるには、もう一日かかった。だが、その前に、少年はタバコを吸いたがった。

「吸えないよ、カロリーノ」ドゥーカが言う。「タバコなどなくても、息をするのも大変なくせに。明日にしなさい」

せめて手に持っていたいと、火の消えたタバコを持ち、消えたまま口にくわえて、吸うふりをしながら話をした。マスカランティも、事情聴取に立ち会い、証言を速記するため、病室に来ていた。

「誰に、ナイフで刺されたんだ？」

この数日の間に酷く痩せた青白い顔で、タバコをくわえたまま、カロリーノは答えた。「あの女」

「どの女だ？」ドゥーカはとても静かに訊いた。

「マリゼッラ」

「マリゼッラ・ドメニチか？」

「はい」

「おまえのクラスのエットーレ・ドメニチの母親だな？」

「はい」

「なぜ、こんなふうに刺された？」

カロリーノはタバコを口から離した。くわえていた端っこが湿って、黒ずんでいる。「わからない」

ほんとうに、わからなかった。

「われわれには、わかるよ」ドゥーカが言った。「おまえが、警察に全部、話してしまうことを怖れたんだ」

「でも、ぼく、警察には何も話してないって、言ったのに」

「おまえを信じていなかったんだよ。遅かれ早かれ、われわれに全部、話してしまうと思ったんだな」ドゥーカが言った。

「でも、ぼくは、あいつのところに行くために逃げたんだよ。警察に話すつもりなら、逃げたりしなかったさ」マリゼッラが自分を信用しなかったことが、まだ納得いかなかった。なぜ、信じてくれなかったんだ？　なぜ、殺そうとしたの？

「では、もう知っていることを全部、話してくれるね」

カロリーノはうなずき、指で弄んでいる間にくたびれたタバコを、また口にくわえた。

「先生を、最初に襲ったのは誰だ？」ドゥーカは訊いた。疲れた兆しがないかよく観察し、ときどき脈も取った。そして、少年の顔が微かに赤くなったことに気づく。「誰だった？」くりかえしながら、カロリーノは級友を裏切ることに、まだ抵抗があるのかもしれないと思った。極道の世界にさえ、ばかばかしい沈黙の掟があるのだから。

カロリーノはそれでためらったわけではなかった。ドゥーカを見て、リヴィアを見て、書き取ろうと待ちかまえるマスカランティを見て、なかなかしゃべらなかったのは、ただ、あの夜のことを思い出したくなかったからだ。

「最初に襲ったのは誰だ?」ドゥーカはくりかえした。

カロリーノはコクンとうなずいた。「あの女」

ドゥーカは、少年の名前が出てくるものと思っていた。つまり女教師を惨殺した十一人のうちの一人、すなわち男の名前とばかり。まさか「女」とは、思いもしなかった。女性に対する暴力行為に、女が、どう関わったというのだろう?「どの女だ?」訊いてはみたが、すでに誰かはわかっているといわんばかりの訊き方で、現に、思ったとおりだった。

「マリゼッラ」カロリーノが言った。

信じがたかった。マスカランティも、その名を速記したものの、何かまちがったことを書いているような気がした。

「つまり、クラスメイトのエットーレの母親が、あの夜、教室にいたということか?」ドゥーカは訊いた。夜間校のA教室に女がいた。あの少年たちをそそのかし、犯罪に駆り立てた女がいるとは思っていたが、その女が、虐殺の間、他の少年たちといっしょに教室にいたとは、思いもよらなかった。

7

だが、いたのだ。カロリーノがちゃんと説明してくれた。女はあの霧深い夜、くたびれた青いコートを着ていたため、あまり人目に付かず、夜間校の生徒の母親らしく見えたが、コートの下には、シチリア産のアニス酒の瓶を持っていた。あの舌の上で気化してしまう強い酒には、アンフェタミンを数滴落とし、さらに強烈にしてあった。

女は、門番には見られずに、とても簡単に門から入った。授業が始まると、門番は学校の門を閉める。言うまでもなく、自分が見ていない間に、誰も入れないようにするためだ。だが、錠は、門番でなくとも、外に出たければ誰でも、中からカシャッと外して開けることができた。

女の息子のエットーレが、母親を助けた。彼は級友たちといっしょに教室にいて、そこでは若き女教師、マティルデ・クレシェンツァーギが、教卓として使っている机の後ろに立ち、地理の授業を始めていた。あの夜には、アイルランドの章に入り、女教師は、アイルランドとは何か、エールとは何か、歴史的、宗教的ないわれや、両者の違いを挙げながら、説明しようとしていた。

女の息子、若きエットーレ・ドメニチは、示し合わせておいた時間に席を立ち、教室から出て行った。「便所に行ってきます」と言い残して。みんなが言うことだが、毎回、《便所》という言葉に、誰かが落ち着きなく笑う。人体の生理現象に関わることは何でも、子供や知的に未成熟な者、特異な性癖を持つ者たちの興味を、異様なほどそそるのだ。とはいえ、若き女教師マティルデ・クレシェンツァーギには、こういった病的な笑いをどうすることもできなかった。便所は上の階にあったため、少年らはそれをいいことに、ゆっくりタバコを吸いに行ったりもする。そして、教室から出て行くときはいつも、「便所に行ってきます」と言うのだ。

若きエットーレ・ドメニチは、上の階の便所には行かず、女が門番の目を盗んで入れるよう、そっと急ぎ足で、門を開けにきた。中に入った女は、息子の後についてA教室まで行く。息子のエットーレが教室のドアを開けた。

「先生」声をかける。「母が先生と話したいそうです」

女教師マティルデ・クレシェンツァーギは、すぐに立ち上がり、アイルランドに関する説明を中断した。生徒の親や親戚の訪問は非常に稀だが、それにしても、こんなに急に来られるとは思ってもみなかった。とはいえ、この母親はすでに教室に入っており、息子の教師と話したいと言っているのだから、自分には話を聞く義務がある。「どうぞこちらへ、お母さん」そばによって、手を差しだしながら言った。自分の生徒の親と話すのは、いつだって大切なことだし、興味深い。母親なら、なおさらだ。

女は挨拶には応えず、差し出された手も握らず、青いコートの下から、アンフェタミンを加えたアニス酒の瓶を静かに持ち上げ、教卓の上に置いた。そばにはノートや出席簿、ボールペンや赤青の色鉛筆が入った筆箱が置いてある。

ついに、自分の男、フランコーネを死に追いやった女を前にしている。息子の教師など見ていなかった。息子の勉強の進み具合を教師に聞きに来るような母親ではない。わかっていることは、ただ一つ。この若い娘が、自分とフランコーネを密告し、牢へ入れたのだ。そして、フランコーネは獄中で死んだ。自由の身であれば、フランコーネには最高の病院で治療を受けさせ、死なせることはなかった。もはや一人で生きるには年を取りすぎた自分が、一人ぼっちになることも、人生が台無しになることもなかった。

教室中に、重い沈黙が流れ、十一人全員が、成り行きを注視していた。不穏な静寂が、トラムや車やトラックがひっきりなしに通る外の騒音で、いっそう無気味に感じられる中、女は、女教師マティルデ・クレシェンツァーギの顔に、勢いよくツバを吐きかけた。通りの騒音はあっても室内の静けさのため、十一人の少年には、ツバを吐くピュッという音が聞こえたが、それまで同様、誰も硬い表情を崩さなかった。

鼻の上辺りの額にツバを受け、女教師マティルデ・クレシェンツァーギは、一瞬、目の前の黒く分厚いサングラスの女を見た。それから、一瞬、遅れて、腕で顔を覆ったが、心理的ショックのため何も言えず、叫び声も上げられなかった。

「おまえはあたしの夫とあたしを獄に入れたんだよ、この腐った性悪女が」女は、怒った猫のように荒い息を吐きながら、ぶつぶつ言った。実際、怒りは爆発寸前で、フランコーネが死んで以来、抱えてきた苦すぎる孤独を、誰かにぶちまけずにはいられなかった。そして、その誰かが、女にとっては若き女教師なのだ。一方、マティルデ・クレシェンツァーギの方は、相手が何を言っているのかわからなかった。彼女は誰を陥《おとしい》れるつもりもなく、ただ、警察に、少しだけワルに見えるが心根は善良――若くして道を踏み外した者を救いたがる人が使う決まり文句――な自分の生徒、エットーレ・ドメニチが、しばらく学校に来ていないと言っただけなのだ。だが、通報を受けた警察の方は、この善良な非行少年が、学校に行く代わりにスイスへ行き、善良なる養父オレステ・ドメニチ、通称フランコーネと、善良なる売春婦の母親マリゼッラの助けを借り、アヘンの密輸をしていたこと、さらには、両親を手伝って密売にも手を染めていたことを、簡単に暴き出した。警察にとって、未成年者が麻薬取引や密売に関わっている事実は好ましくなく、よって、フランコーネとマリゼッラを逮捕した。だが、若き女教師は、彼ら二人を告発しようなどとは考えたこともなく、ただ、自分の生徒が、いかがわしいことをせずに、学校へもどってくることだけを願っていたのだ。

「お母さん！　こんなことをなさってはいけません！　お子さんたちが見ているのですよ！」若き女教師マティルデ・クレシェンツァーギは、服の袖でツバをぬぐうと、少しだけ威厳と勇気を取りもどした。「お子さんたちの前で、こんなことをなさってはいけません」生徒たちだけが心配だった。その子らは、机の後ろに突っ立っている。女教師が顔にツバを受けたとたん、彼らは立ち上がり、黙って身構えていたのだ。

エットーレは、母親が学校に怒鳴り込んでくると話していた。父親を牢獄送りにした先生に復讐するためで、父親はその後、獄中の医務室で亡くなったのだと。エットーレは母親の指示に従って、女教師は敵だ、警察のスパイだと、級友たちを嗾《けしか》けた。少年たちにとっては、エットーレの父親が獄死したことなど、どうでもよかったが、全員が、スパイ教師を憎み、マリゼッラがその顔にツバを吐きかけに来たのを、密かに喜んでいた。

「黙れ、このクソ女、スパイのくせに」そう言うと、また顔にツバを吐きかけ、同時に左手で髪をつかみ、右手で顔を、平手打ちより鉄槌に近い激しさで、殴りつけた。

若き女教師マティルデ・クレシェンツァーギは、ようやくわかった。これは話し合いや口論の類ではなく、この女は自分を破滅させようとしている。黒いサングラスで女の目付きは見えなかったが、それでも、ぞっとする激しい殺意が感じられた。そこで、思わず叫んだ。

いや、叫ぼうとした。というのは、口を開いたとたん、女が首に巻いていたスカーフを取り、叫び声が漏れないよう、女教師の口の中に突っ込んだため、息まで苦しくなったのだ。女の左手は相変わらず髪をつかんだまま、もう一方の手で、顔や頭や首を殴っては、口に入れたスカーフを押し込み、その間にも、管理人に聞こえないよう、鈍い声で穢《けが》らわしい言葉をぶつけては、侮辱していたが、それは、無垢な女教師にではなく、年とって綻びだらけの街娼である自分にこそ、ふさわしい台詞だった。

ヴェーロ・ヴェリーニは、少年たちの一人ではあるが、二十歳で、父親は収監中、自らも鑑別所に三年入っていたことがあり、警察には色情狂として知られた存在で、目の前で起こった暴力を見ても、声も立てずに笑っていた。だが、憎しみで見境をなくしたばかりか、麻薬による興奮で野獣と化したマリゼッラに対し、ウゥン、ウゥンと虚しくもがく女教師の声を聞いていると、突然、『虎にまたがって』（脱獄囚を描いた名匠ルイージ・コメンチーニの映画。1961）いるような、後もどりできない気分になった。自分が暴力をふるっているみたいに欲情し、発作的な叫びを押し殺すことができない。というのも、エットーレの母親が、女教師を殴るだけでなく、服を脱がせ、黒っぽいシャツやブラジャーを引きちぎり、じっとさせるため蹴りや膝蹴りを入れ、スカートを下ろした後は、息子のエットーレが加わって、もはやあがくことすらできないかつての女教師から、ガーターベルトとパンティを剝ぎ取り、幸いにも彼女が虚脱状態に陥って倒れた瞬間、身を躍らせ、覆い被さるのを見ていたからだ。

興奮と憎しみで口を歪めた女は、その場に立ち、黒いサングラスの奥から見下ろしていた。これが彼女の復讐だった。フランコーネを亡くしたときから、その死の恨みをどう晴らすか、ずっと考えてきた。これでいい。この女を、このスパイを、なぶり殺しにさせるのだ。

A教室の全員が、静かに、食い入るように見ていた。女の思惑どおり、ここにいるのは、程度の差こそあれ、異常な性癖や遺伝的欠陥のある子ばかりで、自らの衝動を抑えきれず、彼らを止める者は誰もいない。カルレット・アットーゾも見ていた。まだ十三歳とはいえ、すでに女の裸を見たことがあり、性交渉に関しても、ノーマル、アブノーマルともに知らないわけではないが、裸の女のレイプシーンは初めて見物する。エットーレの荒い息遣いと、女教師の死にそうな呻き声が、静寂を震わせる。床の上ばかり見ていたカルレットは、酒瓶を差し出すエットーレの母親にも、声をかけられるまで気づかなかった。「飲みな」

床の上を凝視したまま、その声に機械的に従って、酒瓶に口を付けた。

「少しずつ飲みな、強いよ」女が言った。

少しずつ飲んだのに、すぐに咳きこんでしまった。乾いた不自然な咳が、断続的に襲ってきたが、視線は床に釘付けになったままだ。

二十歳のヴェーロ・ヴェリーニも、やはり熱心に見ていたが、見るだけにとどまらず、のそのそと机から離れ、ぼうっとしながら、床の二人に近づいてきた。横たわった女教師は、恐怖で目を見開き、涙をいっぱいためている。立ち上がろうとしていたエットーレは、膝をつき、立ってしまうと、母親が持っていた瓶を手にとり、その酒で唇を濡らしながら、にこりともせず、級友のヴェーロ・ヴェリーニが、女教師を野蛮な力で締めつけるのを見ていた。

パオリーノ・ボヴァートも、よく見えるよう机から身を乗り出し、床の二人を見つめていた。女教師の口からは、少しだけスカーフがはみ出し、キス——というより愚弄——されないよう、頭を振ってもがいているが、サディスティックな色情狂は、絞め殺しそうな勢いで、首を締め続けていた。「駄目だよ、絞め殺すんじゃないよ」気づいた女が止めたが、まるで獲物に噛みついた犬を叱るような言い方だ。絞殺はしなかったが、女教師は意識を失った。マティルデ・クレシェンツァーギにとってはその方が良かったが、本当に良いときは数分しか続かなかった。意識がもどると、今度はカルレットト・アットトーゾの顔が上にあった。まだ子供だと思っていたその顔には、幼さなど微塵もなく、野蛮な冷笑で歪んで見える。目を閉じた。

だが、少年たちは違う。目は閉じなかった。カロリーノ・マラッシも、じっと目を凝らして見ていた。以前、車の中にいる友達の姉を見たことがあったが、あのときは暗かったし、その少女はちゃんと服を着ていたから、見たというより、聞いたというべきだろう。だが、今回は、照明もあるし、女教師は裸で、まだときどき身をくねらせるので、そうするとますます裸がよく見えた。だが、まずエットトーレ、それからヴェーロ、そしてカルレットの三人の表情には、少しぎょっとした。と、同時に、なぜか笑いたくなった。

「ほら、今度はおまえが行きな」エットトーレの母親に押された。ちょうどそのとき、とっさに逃げようとしたのか、女教師は立ち上がろうとし、ゆっくり、スローモーションフィルムのように、ひざをついていた。カロリーノの方は一瞬、抵抗したものの、すぐに女教師に向かって投げだされてしまう。と、女教師は、他の子にやったように少年を押しもどしたり、逃れようとしたりせず、その手で抱きしめ、スカーフで口を塞がれていたため、目で、助けて、ここから出して、と訴えた。こんなことを頼めるのは、ただ一人、まだ腐ってはいない、すさみきってはいない、この子だけだったから。そして、カロリーノは、拷問を受けたその生き物の悲痛な眼差しにほだされ、今にも、何か叫ぼうとしていた。たぶん、「もうやめよう！　やめようよ！」と。だが、ずっしり重い手に体を持ち上げられ、抱きつく女教師から引き離された。エットーレ・エルジック——善良な両親の息子で、ジェネラル・ファラ通りのタバコ屋でいかさま賭博をしたり、若い女や年増の女に貢がせたりして、真面目に生きてきた少年——の手だった。

「なんだよ、ほ乳瓶でも抱いてろ、このバカが」級友のエットーレ・エルジックは吐きすてるように言った。

「あんたにも時間はあるから」女が言った。「それまで飲みな」

カロリーノは飲んだ。咳はしなかった。

「あんたも飲みな」机の後ろに落ち着いて座っている別の少年にも言った。その子も床を見ていたが、他の子たちとは様子が違った。

「こいつには何やっても無駄だぜ、オカマだから」エットーレが母親に言った。生みの親の復讐を理解した息子は、アンフェタミンで強化されたアニス酒を三、四口飲むと、この復讐の真価がわかってきた。「こいつはフィオ《花》レッロ、クラスの花だぜ」エットーレは小声で笑った。最初の虐待者だった彼も、床から目を離すことはできない。母親の顔もフィオレッロの顔も見ず、若き女教師と、順番で彼女を襲う虐待者の方を見ながら、しゃべったり笑ったりしていた。今度は、ベニート・ロッシの番だ。若いが乱暴な少年は、かつて女教師だった不運な生き物の残骸に、お得意の暴行を加えていた。

「オカマだって、飲めるだろ」女は酒瓶をフィオレッロ・グラッシに差し出した。フィオレッロは他の生徒とは関係もないし、似たところも一切、何もない。泥棒や売春婦の親もいなければ、自身が梅毒でもコソ泥でもなく、鑑別所に入ったこともない。唯一の問題――彼に罪はない――は、見かけは男なのに女だということだ。このことでは、ずいぶん煩わしい思いもし、警察にも呼ばれた。だが、犯罪者ではなかった。

「ご婦人に飲み物をふるまわれたら、飲むんだよ」エットーレが言った。《ご婦人》というのは母親のことだったが、言った本人もふさわしくなかったと思って笑いながら、けんか腰でフィオレッロの耳を引っぱり、無理やり立たせた。「ほら、飲めよ、オカマ」

同性愛者は身体的暴力を非常に怖れるというのが定説だが、フィオレッロもそうだ。差し出された酒瓶をすぐ手に取って飲んだが、けいれんのような咳をした。エットーレは、それでもかまわず、もっと飲めと詰めよった。

「さあ、飲みなさい、みんな」黒いサングラスをかけ、青いコートをはおった錯乱者は、自らがそそのかした、いや、創りだした醜悪な現場で、酒瓶を手にうろつき、もともと野獣に近かった人間を、野獣以上に残忍な生き物に変えていった。学校へ来る前からすでに酒が入っていたフェデリコ・デッランジェレットにも、目付きの険しい十三歳、カルレット・アットーゾにも、酒をふるまった。権力や法や規則を憎むカルレットは、憎き女教師の虐待を続行するため、飲んで新たな力を蓄える必要があった。ませたアヘン常習者で、人呼んで若きライオン、パオリーノ・ボヴァートやミケーレ・カステッロにもふるまった。以前から女教師に欲情していたミケーレは、ついにいかがわしい想像を実現できると、にやにや笑いながら酒を飲み、酒瓶を持ったまま、ゆっくりそのときを待っていた。ときには、透明な瓶のガラス越しに、虐待者に身をよじらせる女教師が見えることもあったが、それはもはや希望のないもがきで、被っている野蛮な拷問に対する機械的な反応に見えた。やがて、目は離さずに、瓶をエットーレの母親に返したが、口の端にアニスの滴を光らせながら、見続けていた。

そして、酒瓶を持った女はA教室中を回り、言葉とアルコールで退廃へと誘《いざな》い、息子の手を借りながら、最も臆病な者や、酔いの浅い者をも嗾《けしか》け、駆り立てていく。オカマと呼んだ少年にも、笑いながら、やはり飲酒を強要した。黒板に、最初に卑猥な絵を描いたのも、女教師マティルデ・クレシェンツァーギのストッキングを机と机の間に渡して若い子たちに飛ばせたのも、この女で、飛べた者には、ご褒美にもう一口、アニス酒をふるまった。やはりご立派な親の子、十六歳のシルヴァーノ・マルチェッリが、上の階の便所に行くと言いだしたとき、止めたのも女だ。「ちょっと、気でも触れたのかい？　誰かに会ったら、終わりじゃないか。ここでしな」。ときどき、もっと静かにするよう注意したのも女だが、女教師の口からスカーフを抜き取ったのも女だ。もはや、大声で叫ぶことも嘆くこともできないとわかって、自らの痕跡を残さぬよう、唾液と血でぐしょぐしょのそれを、ポケットにしまった。

酒瓶が空になり、抑制を解かれた最後の生徒が床に座ってぼんやりしているとき、引き上げるよう命令を下したのも女だ。家に帰って眠るよう、そして、警察には——各々が——何もやっていない、やったのは他の生徒だと言いなさい、それが唯一、助かる方法だからと、説明した。アニス酒の空瓶を持ったエットーレは、もし誰かが裏切って、母親の名前を出したりすれば、自分はそいつをぶっ殺して、八つ裂きにしてやると言い添えた。だが、脅しはよけいだった。警察と良好な関係にない者は、警官や法への腹いせに、いかに悪辣な犯罪であろうと隠したがるものだから。

少年たちといっしょにA教室を出る前、自分が復讐した人間の残骸を見つめたのも女だ。まだピクピク動き、片腕を伸ばしながら床を這って、体を起こそうとしていた。声もなく呻く残骸は、女にとって勝利の証。勝利に名を刻むべく、野蛮な蹴りを加えると、女教師マティルデ・クレシェンツァーギは、恥丘周辺からさらに出血した。医師の所見ではこれが死因であり、これこそ、女の望むところだった。

カロリーノは話が巧い方ではないが、思春期の子らしい正確さで、細部まで省くことなく、詳しく語ってくれた。

ドゥーカは立ち上がったが、何も言わなかった。リヴィアも立ち上がる。吐き気で胃がむかつき、恐怖におののいていた。マスカランティも立ち上がり、速記帳を閉じたが、やはり胃が少しむかむかしていた。

「ありがとう」ドゥーカが言った。カロリーノの額に手を当てた。

「ぼく、ベッカリーアには行きたくない」だからこそ、カロリーノはしゃべったのだ。これできっと警察は、額を撫でてくれているこの良いポリ公は、送りかえさないでくれるだろう。

「ベッカリーアにはもどらなくていいはずだ」ドゥーカは言った。また額を撫でる。「誓ってもいい」これまでの人生で、《誓う》や《誓って》はおろか、《約束》という言葉も、使ったことはなかった。だが、このときは、とっさに「誓ってもいい」と言ってしまった。

8

「今度はあの女だ、すぐにも見つけだせ」カルアが言った。やはり、胃の奥が微かにむかついている。カロリーノの話を速記したマスカランティの報告書を読み、心を衝かれていた。かつてロシアにいたことがあり、彼の地では虐殺につぐ虐殺で、人数だけなら、犠牲者が女教師マティルデ・クレシェンツァーギ一人のこの事件よりずっと多い、大惨事も見てきた。だが、虐殺においては、数よりも、その方法や真意こそが、問われるべきである。そして、これまで知った誰にもまして残忍なやり方をしたのが、この女、マリゼッラ・ドメニチだった。おそらく、マリゼッラを超えるのは、ブーヘンヴァルト強制収容所のハイエナ――戦時中、ナチに捕らわれたユダヤ人少女の皮膚で、ランプシェードを作ったという――イルゼ・コッホだけだろう。「人員も車両も、好きなだけ使っていい、とにかくすぐに探し出せ」

暖房の効いた古く豪勢なオフィスで、その暖く静かな夜、カルアの机の前の肘掛け椅子に沈みこんだドゥーカは、うとうとしつつ顔を曇らせた。

「おい、ドゥーカ。おまえさんと話しているんだぞ」カルアがしびれを切らした。

「ええ、わかっています」

「では、応えてくれ」

ドゥーカは肘掛け椅子から少しだけ腰を引き、座り直した。「なぜ、あの女を捜そうとするのですか？　捜す必要はないでしょう」

「ん、そうか？」カルアは言った。苛立っているというより、落ち着きをなくしている。「どうしろというんだ？　北イタリア中、自由に泳がせておくのか？　手を引けとでも？」

ドゥーカはそうだとうなずき、カルアは、言い返す前に気を静めようとしていた。オフィスに二人きりとはいえ、こんな夜中に怒鳴りちらしていいわけはない。今夜のミラノは、半ば春、半ば冬のような陽気で、セントラルヒーティングが故障中のため、少しだけ窓を開け、電気ストーブを点けている。怒鳴りはしなかったものの、低いがむっとした声で言った。「ドゥーカ、冗談を言うな。あの女は化け物みたいな所業をやってのけたんだ。その化け物が平気で歩きまわっているというのに、さっさと捕まえなくてもいいのか？」

「ああ、それです」ドゥーカは言った。「あなたは女を逮捕したがっている。だが、わたしは違う」立ち上がった。そう、怒りで叫びだしたかったのだ。正直でいたくとも、心の底をさらけだすのは難しい。「あの女を逮捕したくはない。あの女には死んで欲しいのです」カルアの方を向き、その顔を見つめた。「あなたは、マリゼッラ・ドメニチを逮捕したがっている。逮捕すればどうなるか、知っていますか？　予審判事が来て、被告弁護人が来る。弁護人にできることは、ただ一つ。抗弁で異常者だと申し立てればいいのです。簡単なことだ。異常者でなければ、学校の教室であのような虐殺ができるはずもなく、おまけに、マリゼッラ・ドメニチは麻薬中毒で梅毒持ちですから、精神病院への拘禁で済む。それも数年間のことです。精神病院は混み合っていますからね。混みすぎているため、本当に危険な人間を収容できるよう、それほどでもない者は間引いて、家に送り返さなければならない。異常者、マリゼッラ・ドメニチは、長くても七、八年で、また歩きまわることになるのです」ドゥーカは、肘掛け椅子にまた座った。「それなのに、不幸な女教師は、惨たらしい死の後、地中に埋められてしまう。そして、十一人の少年は、もともと腐ってはいたが、あの女から受けた、驚くべきサディズムのレッスンを経て、いっそう腐りきった悪党に育つでしょう。それでも、あなたは、あの女を逮捕するだけでいいのですか。どうぞ、捕まえてください。わたしの力はいらないはずだ」

カルアはすぐに、意外なほど節度ある対応をした。「そうだ、おれは逮捕したいだけだ。おれは捕虫網だからな、泥棒や犯罪者を逮捕するのが、おれの仕事だ。たとえ、あの女を殺したいと思っても、おれだって、よく考えてみれば、そうしたくなるかもしれないが、いずれにせよ、それであの哀れな女教師が生き返るわけじゃない」

あまりに悲惨な気分だったので、ドゥーカは無愛想に言った。「そんな理屈は、死刑反対の政治集会にでも出て、話せばいいでしょう。わたしにではなく」

「わかったよ、おまえさんと議論をするつもりはない。一つだけ、頼みがある。おまえさんがおれの立場なら、あの女を捜し出して司法の手に委ねる代わりに、何をするか教えてくれ。いやなら、しかたがないが」

それでも、カルアとなら、心の底をさらけだして、話ができた。「わたしなら何をするか、すぐに言いましょう。女を捜すためには、何もしません。署で一番、間の抜けた刑事だって、動かしはしない。電話もしない。通りを走りすぎるのが見えたとしても、後も追わない、いや、わざと別の方向に行くでしょう」

カルアはドゥーカを見つめた。「精神病院には、おまえさんが行くことになるんじゃないか、心配になってきたぞ」もちろん、冗談だ。ドゥーカは真剣に話している。話を最後まで聞いてやらなければならない。

「結局、何が起こったのでしょう？」ドゥーカの声は、ますます低くなった。「われわれは、ナイフで刺された少年を見つけ、その子は、若き女教師がどのように虐殺されたか話してくれました。それなら、それを世間の人に話すのです。ジャーナリストを呼んで、記者会見を開き、起こったことを説明して、記者連中にマリゼッラ・ドメニチの写真を渡し、インパクトのある呼び名を、たとえば《夜間校のハイエナ》とか、そんなあだ名を仄めかしておくのです。そして、何よりも、真実を全部、包み隠さず説明する。カロリーノが話してくれたことを、細かいことも、身の毛もよだつことも、全てです。これが、他よりほんの少し残忍な犯罪などではなく、真に罰するべき化け物のごとき悪辣な犯罪だと、世論に訴えなくてはなりません。今、よく言われていることを、ご存じでしょう？　世論に敏感になれと。誰もが、虐殺の詳細を知るべきなのです、われわれ四匹の猫、つまり、あなたとわたし、マスカランティ、死体安置所の解剖学医と、他数名だけでなく」

　カルアはうなずいた。「正論だな、そうしよう。明朝、八時に記者会見を開く。だが、これでどうなる？　記者会見では女は逮捕できない。それとも、何を期待している？　世間に腹を立てさせ、あの女に出くわした誰かに、リンチでもしてもらうか？」

　ドゥーカは笑った。カルアの怒りで、気が静まった。「いえ、リンチではありません」

「では何だ？　記者会見や新聞に何を期待している？」

「わたしは医者です」と、ドゥーカ。「麻薬中毒や精神異常、サディストの傾向がある女も、診たことがあります。あの女、マリゼッラ・ドメニチに何が起こるか、考えてみてください。新聞に載れば、女もそれを読み、すべてが暴かれたと知るでしょう。カロリーノがあの夜起こったことをこと細かく語り、自分についても、女教師の服を破って裸にし、息子を使って——実の息子ですよ——虐待を始めたことや、不良少年たちにぞっとする飲み物を飲ませてまわり、目を回させて、言葉巧みにそそのかしたこと、何週間も、何カ月も前からこの虐殺を企て、計画を練っていたこと、最後には、哀れな女教師に野蛮な蹴りを入れ、残酷な殺人を完結させたことまで、暴露されている……。自分のことが書かれた記事を読んだとき、女の脳裏に何が浮かぶと思いますか？」

カルアは応えなかった。

「麻薬中毒で、梅毒も患っている中年の女を想像してみてください。最後のヒモであった夫は死に、すでに孤独の身ではありましたが、これほど完全な孤立を招くとは思いもしなかったでしょう。あの種の人間が、いつも法の網を巧く、くぐり抜けようとするのは、ご存じですね。だが、新聞によって、警察がすべてをつかんだと知れば、もう逃げ道はなく、いずれは逮捕されると悟るでしょう。そして、もはや、巷をうろついて麻薬を手に入れることもできないとわかったとき、何をしたくなると思いますか？」

確かに、カルアにも、すこし前からわかっていた。「自殺するな」

「そのとおり。睡眠薬を大量に飲んで発見されるか、どこかの建物から飛び降りるでしょう。捜す必要はありませんよ。逮捕のために半人前の警官だって動かす必要はない。ひとりでに捕まります」

カルアは立ち上がった。「本当に自殺しちまったら？　おれが逮捕する前に、おまえさんの言うとおり自殺しちまえば、満足なのか？」

ドゥーカはカルアを見つめ、「ええ」と言った。カルアがわかってくれなければ、誰がわかってくれるだろう。いくら残忍な犯罪者でも、誰かが死ぬのはいやだった。だが、残忍な犯罪者が生き続け、自由になってまた新たな罪を犯すのは許せない。「確信はありませんが」

「おまえさんの考えは、また別の機会によく説明してくれ。今は、帰って休んだ方がいい」

9

新聞は車の中で読んだ。最初は、かなり大きく載った自分の写真を見て、次はタイトル、小見出し、それから、苦労して記事の中身も読んだ。レンタカーの小型車に閉じこもっていたが、最初に感じたのは怖れではなく、不快感だった。どこへ行って泊まろう、粉やクスリはどこで手に入るだろう？

全部の新聞に、これだけデカデカと名前が出ているとは——サングラスと赤い毛皮で顔も姿も隠していると、新聞に載った眼鏡なしの青ざめた人物とは別人に見えるため、売店に行っては、あれ、これ、それと、違う新聞を買ったのだ。おまけに、あんなタイトルまで付けられては、友達は怖じ気づいて、誰も助けてくれないだろう。それでなくても、フランコーネが死んでから、友達はわずかしかいなかった。それも、金をほとんど持っていないからで、手に入る可能性も乏しかった。

時刻は九時過ぎでもう暗く、セストに近いこの辺りは、より闇が深かった。というのも、最初の新聞を読んですぐ、直感で幹線道路から外れたからだ。最初の不快感の後は、恐怖の時間だった。警察が一斉捜索しているに違いなく、新聞を読んで写真を見た者は、自分を憎み、追いかける気満々で、自分だとわかれば、警察に突き出すか、リンチだってしかねないだろう。

だが、恐怖は長くは続かず、ごく短時間で終わる。歪んで幻覚の見える頭でも、考えることは明快で、警察も法も、何も怖れることはないとわかっていた。捕まっても、おそらく精神病院に送られるだけで、それも長くはないはずだ。本物の凶暴な患者だって出してしまったのだから（当時、イタリアでは精神医療改革が叫ばれ、脱施設化が始まっていた）、少しの辛抱で、自分も出してもらえるはず。こう考えると、怖くはなくなった。

それより、ほんとうに恐ろしいのは、ハンドバッグの中にもう数グラムしか粉が入っておらず、それが最後だということだ。刑務所でも精神病院でも、何もくれるはずはない。麻薬は禁じられ、何カ月も地獄の苦しみに耐えたあげく、依存から脱したときには、もはや女としては終わった、老いぼれと化す。

セストのはずれの人気のない片隅で、暗闇の中、車に閉じこもり、こんなことをずっと考えていた。後部座席には、くまなく読んだ新聞が、積み上げてある。どんなときでも思考は明快で、このときも、もはや生きる気力はない、もう終わりだと、はっきりわかった。実のところ、フランコーネが死んだときから、這うようにして生きてきた。あのときから、生きる気力などなく、ただ粉が手に入り、少しは仲間がいたから持ちこたえていられた。でも、新聞にあんなにデカデカ書かれてしまっては、今や、仲間も何もなく、警察から逃げる力も、お尋ね者の野獣として生きる力もない。

すぐに死のうとは思わなかった。まず、あの最後の数グラムを飲もう。その後、目が覚めて、無気力な幻覚から抜けだしたら、どうするか考えよう。それから、さっさと終えてしまった方がいいと考え直す。どうやったって、逃げ道などない。明快に判断を下すと、車のエンジンをかけ、ゆっくりと、モンツァへと続く幹線道路に向かって走った。道というより、走り過ぎる車やバスやバイクのヘッドライトが川のように連なって、光の帯のようだ。慎重に運転しながら、二級道路からモンツァへ向かう幹線に入る。この時間、交通量は減り、車の列もとぎれてきたため、徐々に速度を上げることができた。そして、反対車線からはみだしながら近づいてくる大型バスが見えても減速せず、逆に速度を上げ、突然、バスのヘッドライトの真ん前に、わざと飛び出していった。

交通警察からミラノ署に事故の連絡が入り、一時間も経たないうちに、ドゥーカは病院へ到着した。マリゼッラ・ドメニチはまだ手術室にいたが、タバコを吸いに出てきた助手が言った。「車は潰れてぐちゃぐちゃでした。いったいどうやって引っぱりだしたのか、わからないぐらいです。なのに、女は肋骨を二本、折ったのと、片方の手首を骨折しただけです。信じられません」

医者として、バカな質問だとわかっていたが、それでも確かめたくて、訊いてみた。「危険な状態ですか?」

「肋骨二本、折っただけで、どうやったら危険な状態になるんです? あの女は、あなたやわたしより、ずっと長生きしますよ」

ドゥーカは病院を出て、車に乗った。「カルアのところへ行こう」

リヴィアはギアを入れた。「死んだの?」

「いや、生きている。肋骨を二本、折っただけだ」ファーテベーネフラテッリ通りの署に着くと、カルアにも同じ言葉をくりかえした。「生きています。肋骨を二本、折っただけです。じきに、逮捕できますよ」

カルアはまた、執拗に訊いた。「おまえさんは、死んだ方が良かったんじゃないのか、自殺してしまった方が?」

そうだとうなずく。だが、慎ましく言った。「ずっと、そう思っていました」言葉を切る。「交通警察から事故の連絡を受けるまでは」

「それからは？」カルアはしつこい。

ドゥーカは心の底の真実をさらけだした。「それからは、病院へと急ぎながら、逆に、生きていてくれと願っていました」

カルアは声を立ててちょっと笑った。「なんで、逆に、生きていて欲しかったんだ？」

カルアはからかい半分だったが、ドゥーカは大真面目に答えた。「わかりません」

「それで、今は、生きていて満足か？」からかうのはやめ、父親のように訊いた。

「わかりません。たぶん、満足なのでしょう」

ドゥーカはオフィスから出て車に向かい、リヴィアの隣に乗りこんだ。

「行き先は決めず、好きなように走ってくれ」リヴィアの肩に腕を回したが、あの質問に苛立っていた。あれほど残忍な殺人犯が、死なずに生きていたのに、なぜ満足している？　地球上から消えてしまわず、生きているというのに？　なんでだ？

リヴィアに訊いてみなければ。リヴィア・ウッサロ、傷ついた女神は、ドゥーカだけの智恵の女神だ。「なあ、なぜ……」話しはじめた。きっと、この問題に夢中になってくれるだろう。

訳者あとがき

夜間校の教室で、うら若き女教師が暴行陵辱され、瀕死の状態で見つかった。黒板は卑猥な絵や文字で埋めつくされ、床には剝ぎ取られた着衣が散乱、強烈なアニス酒の空瓶もころがっている。警察は生徒による犯行と断定し、その夜、授業を受けていた十一名を逮捕するが……。

なんとも衝撃的な事件現場の描写で幕を開ける本書は、イタリアの作家、ジョルジョ・シェルバネンコの代表作、ドゥーカ・ランベルティ・シリーズの三作目、*I ragazzi del massacro*（Garzanti, 1968）の全訳である。シリーズ四作の中でも、もっとも強烈な印象を残すこの作品は、単に事件の経過をなぞる謎解きものではなく、当時の社会の暗部を映し、社会からはみだした者、救おうとする者の葛藤を描いた、息詰まる心理劇である。捜査を担当する元医師で警官のドゥーカも、最初から最後まで、とにかく苦悩し続けるため、読む方も眉間に皺を寄せつつ、いつしかその煩悶を共有し、微かな光明に安堵する。というのも、ドゥーカには家族の病という個人的な事情が追い打ちをかけるが、過去に安楽死事件を起こし、医師免許を剝奪されているため、職務に邁進するしかなく、その悲愴感も相まって、ただでさえ気の滅入る事件は、より苦々しく感じられるのだ。それでも、なんとか真相解明への糸口をつかみ、奇策に打って出るものの、ドゥーカの献身は空回りし続ける。この情け容赦のない、畳みかけるような展開こそ、シェルバネンコの真骨頂で、読んでいるとじりじりして、ページを繰る手が止まらなくなる。軽妙な謎解きミステリとは異なり、不条理な現実を突きつけて読者の胸を衝き、社会の矛盾をえぐりだす、重層的なノワールである。

本書の出版は一九六八年、半世紀も前の作品だというのに、古びた感じがしない。もちろん、当時はスマートフォンも携帯もない、公衆電話すらジェットーネと呼ばれる電話専用コインが必要な時代であり、DNA鑑定や監視カメラを駆使する現代とは、捜査手法もまったく違う。それでも、時代を感じさせるのは、タバコの吸いすぎと「売春婦」という言葉ぐらいで、それを「風俗嬢」とでも言い換えれば、さほど違和感なく物語に入り込めるだろう。とりわけ、犯行を否認し続ける少年たちの描写はリアルで、その姿は、昨今、マスコミを賑わした少年犯罪事件の容疑者たちとも重なって見える。そして、何より、この小説に描かれた社会が抱える矛盾や不条理は、二十一世紀の現代でもあまり変わっていない。法律と現実の乖離、少年法の是非、同性愛者への偏見、精神医療制度改革の弊害など、人権意識の高いイタリアでは、当時から抱えつづける普遍的な問題なのである。

ちなみに、一九七五年には、シェルバネンコと同時期に活躍し同性愛者でもあった作家、映画監督のパゾリーニが惨殺され、容疑者として映画『ソドムの市』にエキストラ出演した少年が逮捕された。男色行為を強要されたための正当防衛だと自供した少年は、近年、供述を翻し、ネオファシストによる陰謀を仄めかしたという。

本書は出版の翌年、フェルナンド・ディ・レオ監督により、シリーズ四作の中で真っ先に映画化されている。残念ながらシリーズ一、二作目で描かれたドゥーカの前歴もリヴィアとの関係も無視され、犯人像まで変えられているため、評判は今ひとつだったらしいが、作品の主旨は踏襲されたという。撮影に当たっては、かのパゾリーニ同様、素人の少年らが起用されている。この映画、*I ragazzi del massacro* のフィルムは、プラダ財団やイタリア文科省の助成により修復され、二〇〇四年のヴェネツィア映画祭で、やはりシェルバネンコの短篇集を原作とするディ・レオ監督の *Milano calibro 9* とともに、イタリアを代表するB級映画のひとつとして特集上映されている。ネット上に公開された予告篇を見ると、少なくとも、冒頭のショッキングな場面は忠実に再現されていた。いつか、本篇を見る機会が巡ってくれればと願っている。

さて、シェルバネンコといえば、ランベルティ・シリーズから四半世紀ほど遡る一九四〇年から、モンダドーリ社のミステリ叢書 *Giallo* や *Supergiallo* に、ボストン警察の資料整理係、アーサー・ジェリングを主人公とするミステリシリーズを発表していた。当時はファシスト政権下で、警察権力を茶化すことはおろか、イタリア人を犯罪者として描くことも許されなかったため、二九歳の作家は、自身が訪れたこともないボストンを舞台に選んだ。さらに、警官ではなく事務職員が捜査に首を突っ込むこととし、語り手には、イタリア人の精神病理学者、ベッラ教授を登場させる。教授は、シャーロック・ホームズにおけるワトソン君の役目だが、ジェリングの相談相手というよりは、聞き役、励まし役に徹し、けっして出しゃばることはない。いわば、ボストンの話をイタリア人向けに書くための口実であり、多少の精神分析の知識はあっても、学問に関しても捜査に関してもディレッタントである主人公を、微笑ましく見守っている。ジェリング・シリーズは、舞台俳優に殺人予告の手紙が毎日送られてくる *Sei giorni di preavviso* や、友人を誤射した男が自首してきたのに逃げてしまう

Nessuno è colpevole など、導入部分から少々現実離れした話が多いのだが、その後の展開も、予想を見事に覆す凝った作りで、結末までぐいぐい読者を引っぱっていく。与えられた条件の中で、シェルバネンコがその筆力を遺憾なく発揮した、痛快なエンターテインメントに仕上がっている。

ドゥーカ・ランベルティは医者崩れの警官だが、アーサー・ジェリングもまた、経済的な理由で医学を断念した男で、長身痩軀、繊細で超がつくほど控えめな性格は、作家本人を彷彿とさせる。ジェリングが果たせなかった医学を修め、自分にはない押しの強さをもつランベルティを主人公に据えることで、作家は過去からの脱皮を図ったのかもしれない。なお、シェルバネンコに関しては、本シリーズ一作目の『傷ついた女神』（論創社）に収録された自伝、『私、ウラジミール・シェルバネンコ』に、その人となりを偲ばせるエピソードが書かれている。

ジェリング・シリーズとランベルティ・シリーズの決定的な違いは、リアリティである。本書をお読みになれば、シェルバネンコがミラノの霧を、陽射しを、空気を、いかに生き生きと、愛おしそうに描写しているか、感じていただけると思う。かつて、制約の中では触れることすらできなかった社会の膿を、渾身の力を込めて描ききり、ミラノの街を、馴染みの通りや旧きよき界隈を、自由に活写できる悦びが、行間に溢れている。そして、現実を容赦なくあぶり出す作風は、後の作家にも受け継がれていく。今や、イタリアン・ノワールの父と呼ばれるシェルバネンコは、日本でいえば江戸川乱歩や松本清張のような存在であり、まさに本書との出会いから作家を志したルカレッリを初め、多くのミステリ作家から慕われ、その作品は、今も世代を越えて読み継がれている。

実は、訳者もかつて、ミラノで暮らしたことがあり、ファーテベーネフラテッリ通りの警察署から目と鼻の距離のところに住んでいました。近所の書店のご主人が、シェルバネンコの本を、実に嬉しそうに、誇らしげに、勧めてくれたのを憶えています。本書を訳し終えた今の自分は、たぶん、あのときのご主人と同じ顔をして、日本でも一人でも多くの方に、この希有な作家の著作を読んでいただければと思っています。そして、本書につづくシリーズ四作目、シェルバネンコのミラノ愛がますます炸裂する *I milanesi ammazzano al sabato*（ミラネーゼは土曜に殺す Garzanti, 1969）も、近くご紹介できることを祈りながら。

二〇一五年九月

荒瀬ゆみこ

〔訳者〕

荒瀬ゆみこ（あらせ・ゆみこ）

大阪外国語大学イタリア語学科卒業。雑誌記者、書籍編集者を経て翻訳家。主な訳書にニコロ・アンマニーティ『ぼくは怖くない』、シルヴィア・アヴァッローネ『鋼の夏』（早川書房）、ジーノ・ストラダ『ちょうちょ地雷』（紀伊國屋書店）、ジュゼッペ・ジェンナ『イスマエルの名のもとに』（角川書店）などがある。

虐殺《ぎゃくさつ》の少年《しょうねん》たち

——論創海外ミステリ

2015年11月20日　初版第1刷印刷
2015年11月30日　初版第1刷発行

著　者　ジョルジョ・シェルバネンコ
訳　者　荒瀬ゆみこ
装　画　佐久間真人
装　丁　宗利淳一
発行所　論　創　社

〒101-0051 東京都千代田区神田神保町2-23 北井ビル
電話 03-3264-5254　振替口座 00160-1-155266

印刷・製本　中央精版印刷
組版　フレックスアート

ISBN978-4-8460-1483-4